Inhalt

Rasante Abfahrt

Ich bin dann mal weg!« Alto Pahl hatte das Zettelchen mit den kleinen Buchstaben hinter die Glasscheibe geklebt. Gleich neben den bronzenen Türgriff. Und dabei hätte er die fünf Worte am liebsten über alle quadratischen Scheiben der Eingangstür verteilt. In Großbuchstaben.

Er stülpte den Motorradhelm auf und startete die BMW K 1200 LT. Nicht mal einen Blick zurück gönnte er sich. *Nur weg hier!*

Die Weinsteige hoch schlängeln, raus aus dem Zentrum mit seinem immer falschen Klima. Der Stadtverkehr war selbst um diese frühe Uhrzeit enorm.

Es dauerte eine ganze Weile, bis er die Autobahn erreichte. Slalom zwischen verärgerten Fahrern. Manch einer schimpfte hinter ihm her. Viel zu selten hatte er sich und seinem Motorrad Auslauf gewährt.

Die Autobahn rund um Stuttgart war eine einzige Baustelle. Die Bundesregierung bittet um Verständnis ... Wir bauen für Sie! *Für wen denn sonst?*

Als er Kirchheim passierte, die Bahn war frei, fiel Alto ein, dass er gar nicht wusste, wohin er fahren wollte. Einfach nur weg. »Fahrn, fahrn, fahrn, auf der Autobahn« – dieser Song von *Kraftwerk* kam ihm in den Sinn. Er beschleunigte, wann immer er konnte. 130, 150, 180 km/h. *Sollen sie mich doch blitzen.* Vorbei an der Monotonie der

Lärmschutzwände mit ihren lächerlichen Kunstanstrengungen.

Die Geislinger Steige, endlich eine Herausforderung für den geübten Motorradfahrer.

Es begann zu regnen. Immer wieder musste Alto mit dem Handschuh über den Helm wischen, der Fahrtwind verteilte das Regenwasser in dünnen Fäden. Wie ein Gitter.

Unfall. Stau. Stop.

Den nächsten Rastplatz anfahren? Ausruhen. Nachdenken. *War es ein Fehler, so überstürzt die Flucht anzutreten?*

Dass es eine Flucht war, daran bestand für ihn kein Zweifel. *Warum rennst du weg? Und vor wem?*

Ein Polizeiwagen raste mit Lalü-Lala heran und pflügte die Autobahn wie der Herrgott einst das Rote Meer. Pahl nahm die Verfolgung auf. Er konnte die neidischen Mienen der Fahrer erkennen, die ihm jedes erdenkliche Unglück wünschten.

Als er die Unfallstelle passiert hatte, konnte er wieder Gas geben.

Es war der Sekundentod eines nahen Freundes gewesen, der ihm vor ein paar Wochen einen Stich versetzt hatte. Benno, der immer lächelnde Redakteur der *Stuttgarter Zeitung*, ein Bonvivant, ein kritischer Beobachter, kein Besserwisser wie mancher dieser Medienmaulhelden, ein Beau, der sich nichts auf seine Schönheit einbildete. In der Redaktion vom Stuhl gefallen. Aus. Seitdem brodelte es in Alto. Aber bis zu dieser rasanten Abfahrt war es noch ein kurvenreicher Weg.

In seinem Gepäck hatte er ein Büchlein, das ihm für die nächsten Tage ein Leitfaden sein konnte.

»Sehnsuchtsorte« – ein Gästebuch der besonderen Art. Von Freunden für Freunde – jeder, der wollte, konnte den Ort eintragen, der sich in seinem Reisegedächtnis tief eingegraben hatte und an den er sehnsüchtig dachte.

Es gab Hinweise auf den Croagh St. Patrick in Irland, den Silser See in der Schweiz, Tromsø und Trondheim auf der Hurtigruten-Linie in Norwegen, die Seiser Alm in Südtirol. Bei einem kleinen Zwischenstopp studierte Pahl die Motorradkarte.

Er wollte Pässe fahren, hoch hinaus, keine langweiligen Autobahnfahrten. Die hatten ihn immer schon angeödet.

The day is short the night is long. Nun verstand Alto, warum er wochenlang das Lied von Jearlyn Steele aus dem Altman-Film *A Prairie home companion* mitgesungen hatte. Manchmal hatte er den CD-Player fünfmal hintereinander diesen Song abspielen lassen. *Why do we work so hard for things that we don't really want? - Warum hab ich all die Jahre so verdammt hart geschuftet?*

Auf der Passhöhe ruhte er aus. Alto musste sich einen dicken Schal kaufen. Bei der rasanten Abfahrt hatte er vergessen einen mitzunehmen.

Kurz war er versucht, Karla anzurufen und sie von seinem Plan in Kenntnis zu setzen. Der Blick über die Berge ließ ihn gar nicht dazu kommen. *Sie wird schon früh genug merken, dass ich ausgebrochen bin. - Ich bin dann mal weg!*

Alto Pahl spürte trotz des konzentrierten Fahrens keinerlei Müdigkeit. Kalte, klare Luft, glitzernde Bergrücken, fantastische Aussichten, was für ein Vergnügen.

Hätte er auf einer Weltkarte überall dort Fähnchen aufgestellt, wo seine Freunde und Gäste schon einmal gewesen waren und begeistert davon berichtet hatten, die Karte hätte wie ein gespickter Rehrücken ausgesehen. Nur er war in den letzten sieben Jahren nirgendwo gewesen. Immer nur Stuttgarter Kessel zum Arbeiten und nach Degerloch zum Schlafen.

Das Stilfser Joch, Königin aller Alpen-Passstraßen.

Kleine Felsentunnel, die sich in Kurven winden, schmale Kehren, jede Menge Gegenverkehr. *Wie muss es erst am Wochenende hier zugehen?*

Serpentinenstau nannte Alto das zweideutige Fahrvergnügen. Auf 2300 m Höhe fand er kaum einen Stellplatz für seine Maschine. Ein Junge in Tiroler Tracht verkaufte Würste mit Krautsalat und Fladenbrot. In vier Sprachen. Ganz schön auf dem *Quivive*, der kleine Chefkoch.

Nicht mal eine viertel Stunde hielt es Alto Pahl in dem Trubel aus. Er hatte allerdings eine ganz schöne Strecke zurückzulegen, wenn er heute noch die Seiser Alm in der Nähe von Bozen erreichen wollte. Ein Hochplateau auf 1800 Metern Höhe, das ein Gast in seinem Buch »Sehnsuchtsorte« so beschrieben hatte: »Wenn du einmal dort oben bist, von hohen Bergen umgeben - Schlern, Langkofel und Plattkofel - kommst du dir wie an der Himmelspforte vor. Ganz gleich, ob du eingeschneit wirst oder zwischen den hügeligen Almwiesen wanderst, auf der Seiser Alm spürst du die Ketten des Alltags nicht mehr.«

Durchs Vinschgau ging seine Route, über Schlanders, Naturns, Meran hinüber nach Bozen. Bevor Alto Pahl zur Seiser Alm hochfahren konnte, musste er ein Wärterhäuschen passieren. »Können Sie eine Hotelreservierung vorweisen?« Er ließ sich ein Verzeichnis der Unterkünfte geben.

Die Zufahrt zur Seiser Alm war streng reglementiert. Zwischen neun und achtzehn Uhr konnten nur Hotelgäste mit dem Wagen oder Motorrad hochfahren, andere Touristen mussten die moderne Kabinenbahn nehmen.

Der Weg vom Parkplatz, auf dem kaum Autos standen, bis zum Hotel Mignon war nicht weit. Alto schulterte die beiden Packtaschen. Das Ausschreiten tat ihm nach dem langen Sitzen gut. So viele Stunden hatte er noch nie auf dem Bock gesessen. *Wo liegt dieses Stuttgart überhaupt? Hinter den Bergen, irgendwo. Ganz weit weg.*

Beim Frühstück schlug ihm die Hotelbesitzerin Wanderungen vor. »Am besten, Sie fangen mit einem leichten Weg an.« Sie wollte ihm sogar die Bergschuhe ihres Mannes leihen. »Der hat die gleiche Schuhgröße wie Sie!«

Sie fragte, wie lange er bleiben würde.

Alto Pahl mochte sich nicht festlegen.

Er fuhr mit dem Sessellift zum Puflatsch hinauf, eine

kurze Strecke, begab sich auf die empfohlene Rundwanderung. *Wandern muss ich erst noch lernen,* dachte er. *Ob ich versuchen sollte, Karla anzurufen?* Er hielt sein Blackberry in der Hand. Kein Netz. *Du willst doch nicht schon am zweiten Tag aufgeben?*

Als er das Hotel Mignon wieder erreicht hatte, stand ein Wagen mit Stuttgarter Kennzeichen neben seiner BMW.

Er entschuldigte sich wortreich bei der freundlichen Hotelbesitzerin, er habe einen dringenden Anruf erhalten, zahlte bar und stieg wieder auf seine Maschine. *Weg, nur weg hier!* Ganz gleich, ob ihn die Wärter anhalten würden, er musste so schnell wie möglich fort. *Wenn mir jetzt ein Bekannter begegnet ...*

Er brauste die Serpentinen hinunter, über sich die Kabinenbahn, schlängelte sich an Traktoren vorbei und erreichte die Autobahn in einer knappen Stunde.

Bozen, Trento, Padua. In Bologna bog er auf die A 1 ein, *autostrada del sole,* der italiensüchtigen Deutschen liebste Autobahn, auch wenn sie über die ständig steigenden Mautgebühren jammerten.

Die Strecke nach Florenz war wieder Fahrtvergnügen pur, kaum eine Baustelle behinderte die schnelle Fahrt.

Was Karla wohl denken wird? Hat sie die Polizei schon eingeschaltet? Wird nach mir gefahndet?

Alto Pahl lächelte bei dem Gedanken, wie sich die Freunde vor der Tür versammelten, kopfschüttelnd auf den kleinen Hinweis starrend. Er glaubte sogar die Stimmen von

Marlies oder Felix zu hören: Der Alto spinnt mal wieder! - Ich hab's doch immer gesagt, eines Tages haut der in den Sack! Am lautesten posaunte Sven: Der macht sich nen schönen Lenz, während wir hier verdursten und verhungern.

Das Kloster La Verna in der Provinz Arezzo war sein Ziel, auch davon hatte Pahl in den »Sehnsuchtsorten« gelesen. Ein Franziskanerkloster, zugleich ein Wallfahrtsort am steilen Südhang des Monte Penna. Dort, wo der Heilige Franz von Assisi mit den Vögeln gesprochen und seine Wundmale empfangen haben soll. Eine Einsiedelei auf 1400 Metern Höhe.

»Vom Kloster La Verna hat man eine weite Aussicht über Hügel und Wälder. Du bist in der Toskana und trotzdem jeglichem Toskanaklischee entronnen. In Rilkes Stundenbuch findet sich über Franz von Assisi der Satz: ›Und da versucht er, auf dem Stein zu liegen und aufzustehn, wie er bei andern sieht ...‹«

Es dauerte eine ganze Weile, bis Alto die Straße fand, die nach La Verna hinauf führte.

Die Abendluft war noch warm, er fuhr mit offenem Visier. Näherte sich dem Kloster eher langsam. Die Serpentinen waren nicht aufregend im Vergleich zu den Alpen-Passstraßen vom Vortage.

An der Rezeption des Klosterhotels bat er um ein Zimmer. Soviel Italienisch hatte er gelernt, als er kurz nach dem Abitur mit einer Freundin ein paar Monate in Siena verbracht hatte. In seinem Alltag kam die schöne Sprache leider nur selten vor.

»Wollen Sie an der Abendmesse teilnehmen?«, wurde er gefragt.

Alto Pahl nickte.

Auf dem Gang zur Chiesa delle Stimmate, die Kapelle der Wundmale, betrachtete er die Fresken, die das Leben des Heiligen Franz darstellten.

Naive, eindringliche Malerei. Bilder zu betrachten gehörte zu Altos Sonntagsvergnügen, er sammelte großformatige Foto- und Bildbände. Die alte Malerei hatte es ihm besonders angetan.

Durch eine schmale Tür gelangte man zu der Höhle, in der Franz von Assisi 1224 gelebt hatte. Ein Eisenbett in einer Felsennische, mehr war nicht zu sehen.

Während der Messe, es waren kaum zwanzig Mönche in der Kapelle, keine weiteren Besucher, liefen ihm die Tränen übers Gesicht. Er brauchte sich ihrer nicht zu schämen.

Es kam Alto Pahl so vor, als habe er den Ort gefunden, den er seit seiner rasanten Abfahrt gesucht hatte.

Bomarzo

Hellena Rothermund war zum ersten Mal im *sacro bosco,* dem heiligen Wald in Bomarzo, jenem Park aus der Mitte des 16. Jahrhunderts, den der Fürst Orsini hatte anlegen lassen. Groteske Giganten, inmitten von Wäldchen und Buschwerk, Drachen und Ungeheuer, versteckt zwischen üppiger Natur, eine riesige Frauenfigur mit zwei Fischschwänzen und ein flügelleichter Pegasus – allesamt aus vulkanischem Peperinstein gehauen. Die Skulpturen im Laufe der Jahrhunderte von Moos bewachsen, manche kaum sichtbar zwischen den immergrünen Sträuchern.

Hellena hatte ihr Stativ aufgebaut, um das schiefe Haus zu fotografieren. Sie sah zum Himmel. Wann zieht diese Wolke endlich vor die Sonne? Das Nachmittagslicht war noch zu hell für die Aufnahme, sie würde zwei Blenden unterbelichten müssen. Das Haus, im Winkel von zehn Grad auf die Seite gekippt, sollte symbolisieren, wie schnell das Leben aus dem Gleichgewicht geraten kann. Wer versucht, in dem zweistöckigen Haus aufrecht zu stehen, erspürt dies am eigenen Leib: Der Horizont kippt in die Höhe, Bäume und Büsche scheinen zu schwanken. Der Besucher empfindet sich als »ver-rückt«.

Das Handy klingelte. Hellena sah auf das Display.

Robert, na gut. Der durfte sie bei der Arbeit stören.

»Wo steckst du? Wann kommst du? Schaffst du es auch rechtzeitig hier zu sein?«

Drei Fragen, schnell hintereinander abgefeuert.

»Keine Sorge, mein Lieber!«, antwortete Hellena. »War ich je unpünktlich?«

»18 Uhr, La Vialla. Weißt du, wie du hinkommst?«

»I c h weiß es nicht, aber mein Navi kennt den Weg.«

»Sei pünktlich, bitte, es ist ganz wichtig.«

Schon hatte er aufgelegt. *Mein Bruder Robert, wie immer ausgesprochen hektisch, sogar an seinem 40. Geburtstag.*

Wie unterschiedlich hatten sich die Geschwister in letzter Zeit entwickelt. Während sie Steine fotografierte, in allen Formen, in aller Ruhe, jettete Robert immer noch durch die Welt und recherchierte für internationale Reisemagazine ausgefallene Menschen. Den fast hundertjährigen Züchter von Wasserhunden in Portugal oder eine bulgarische Spitzenklöpplerin, die für Hollywood Kostüme herstellte.

Die Geschwister waren Singles. Hellena Rothermund aus Überzeugung, Robert Rothermund aus Angst. Immer, wenn eine Beziehung zu eng wurde, war er geflüchtet. Sie hatte ihm schon vor Jahren den Spitznamen der fliehende Robert gegeben.

Hellena schaute auf die Uhr. Mehr als zwei Stunden würde sie nicht brauchen, um diese Fattoria in der Nähe von Arezzo zu erreichen. Zur Sicherheit hatte sie sich bei Google Maps die Route ausdrucken lassen. Wie schön, nun endlich Roberts Ruhepol selbst kennen lernen zu können. Wenn es ihm zu hektisch geworden war, hatte er sich gerne auf der Fattoria eine Auszeit gegönnt.

Wie sehr hatte Robert ihr im vergangenen Jahr zur Seite gestanden. Immer zur Stelle, ganz gleich, von wo er einfliegen musste. Jetzt würde sie ihn wieder in die Arme nehmen können. Zu lange hatten sie sich nicht mehr gesehen.

Hellena konzentrierte sich wieder auf ihre Arbeit. Noch fehlten ihr der zerfressene Januskopf und die große Liegende mit dem Hündchen. Die war besonders schwer zu fotografieren, um ihre laszive Art zur Geltung zu bringen.

Wenn Hellena Rothermund fotografierte, vergaß sie die Zeit, tauchte ein und verlor sich, machte Umwege und landete in Seitenstraßen, erreichte aber meistens ihr Ziel.

Das Leben kann schnell aus dem Gleichgewicht geraten, wie oft hatte sie das erleben müssen. Plötzlich nahm die Lebensstraße eine heftige Wendung und führte in allerlei Unwegsamkeiten, manchmal zu Trennung, Krankheit oder Tod.

Als das Handy zum zweiten Mal klingelte, sah Hellena auf dem Display: Unbekannter Anrufer. *Nichts zu machen.* Bevor sie es ausschaltete, schaute sie auf die Uhr.

Viertel nach vier. Verdammt.

Heute würde sie es nicht mehr schaffen, alle Bilder vom heiligen Wald in Bomarzo aufzunehmen.

Hellena musste einen Gang höher schalten, wenn sie ihren Bruder nicht enttäuschen wollte.

Gemeinsam in seinem Ruhepol auftanken, was für eine wunderbare Vorstellung. Die *autostrada del sole* war um diese Zeit stark befahren. Wer macht sich wohl die Mühe, bei Roberts 40. Geburtstag dabei zu sein? Die Gästeliste hatte er vor ihr geheim gehalten.

Stau. Unfall. Einspurig. *Mist! Hätte ich doch wenigstens einen kleinen Zeitpuffer eingebaut.* Immer wieder schaute sie auf die Uhr. Sollte sie es doch nicht schaffen, würde sie Robert anrufen. *Punkt 18 Uhr.*

Es war zwei Minuten vor sechs, als Hellena Rothermund mit ihrem roten Alfa Romeo die Einfahrt der Fattoria hoch sprintete. *Keine Zeit mehr mich umzuziehen.*

Hauptsache, ich bin pünktlich.

Sie parkte den Wagen und ging in den kleinen Hofladen. Dort wurde sie von wunderbaren Gerüchen empfangen. Ihr Blick wanderte von der Salami zu den runden Schafskäsen, von dem frischen Gemüse zu den getrockneten Knoblauchzöpfen. *Hier werde ich morgen einkaufen.* Die junge Frau zeigte ihr den kurzen, zu beiden Seiten von Zypressen bestandenen Weg, der zum Landhaus La Vialla hinaufführte.

Unter einem Feigenbaum mit weit ausgebreiteten Ästen war eine festliche Tafel gedeckt. Das Sonnenlicht fiel durch die Zweige und spiegelte sich in den Gläsern.

Ein Gespür für ausgefallene Orte hat Robert schon immer gehabt, dachte Hellena. *Hier will er also seinen 40. Geburtstag feiern.*

Auf der Wiese ein Tisch mit Vorspeisen und Weinen der Fattoria.

Nicole schenkte den versammelten Geburtstagsgästen einen Aperitif aus.

Als erstes entdeckte Hellena Roberts Freund George, den *art director* eines englischen Reisemagazins. Seine Frau Birdy und ihre beiden Kinder.

»Und wo ist das Geburtstagskind?«, fragte Hellena. Sie konnte ihren Bruder nirgendwo entdecken.

»Wird sich wohl zum ersten Mal in seinem Leben etwas verspätet haben!«, sagte George lächelnd. »Hauptsache, du hast es rechtzeitig geschafft.«

»Wahrscheinlich hab ich mir zwei Knöllchen eingefangen, mein Romeo musste einen heißen Reifen hinlegen.« *Da hätte ich mich ja doch noch frisch machen können.*

Hellena ließ sich von Nicole ein Glas Mussantino geben und trank es in einem Zug leer. Sie schaute auf die Platten mit fein geschnittener Fenchelsalami und gereiftem Pecorino, Bruschetta mit verschiedenen Pasten, stibitzte sich eine Olive in Orangenstückchen und musterte die meist leger gekleideten Gäste. Nicht allen konnte sie Namen geben. Kein Wunder, da Robert ständig unterwegs war. Er hatte manche der Eingeladenen bei seinen Reisen kennen gelernt.

Sie probierte Crostini mit Pilzpaste und fragte, wann ihr Bruder denn eingetroffen sei.

Gestern, antwortete Nicole, er habe gestern Mittag das Landhaus La Torre bezogen.

Ob das weit weg sei.

Nein, mit dem Auto nur ein paar Minuten.

Hellena ließ sich den Weg beschreiben. Sie fragte George, ob er Robert schon gesehen habe.

»Nein, wir sind erst seit drei Stunden hier und wurden in der Casa Conforto untergebracht. Am liebsten würde ich dort ja im Weinkeller übernachten, wo der *vin santo* lagert. Schon wegen des Geruchs.« Er zeigte in die Richtung, wo das Landhaus lag.

»Irgendwas stimmt mit Robert nicht! Ich geh ihn suchen!«, sagte Hellena. Sie überlegte noch, ob sie die anderen Gäste ...

George hielt sein *mobile* in Händen und wählte Roberts Nummer.

»Geht niemand ran. Mailbox, kein Robert nirgends.«

»Ich fahre hin. Dann kann ich auch gleich mein Gepäck und die Ausrüstung loswerden.« George wollte mitkommen. Sie rannten den Weg hinunter. Schnell räumte Hellena ihre Fototaschen auf den Rücksitz und ließ ihn einsteigen.

Das Landhaus La Torre war ein mehrstöckiger Steinturm, dessen unterer Teil aus dem Mittelalter stammte, mit kleinen Fensteröffnungen. Der quadratische Turm stand neben einer mächtigen Eiche.

Hellena sprang aus dem Wagen, eilte zur Tür. Sie konnte ihre Unruhe kaum verbergen.

Abgeschlossen.

»Robert!«, rief sie, »nun komm schon raus, Robert! Deine Gäste warten auf dich!«

George stellte sich auf die Zehenspitzen. Konnte aber niemanden entdecken.

Beim Blick durchs Fenster erkannte Hellena den hellen Trenchcoat ihres Bruders. Kein Zweifel, er musste also hier gewesen sein.

George warf ein kleines Steinchen an das Fenster im oberen Stock.

»Robert!«, rief Hellena wieder und wieder.

»*Bit strange, isn't it?*«, meinte George.

Sie fuhren zur Fattoria zurück und fragten im *ufficio* nach. Vielleicht wusste man dort, wo ihr Bruder steckte.

Hellena erfuhr, dass Robert nicht alleine angereist war. »*Con una donna!*«, sagte Lidia.

Aber wo sie jetzt abgeblieben seien, keine Ahnung. Lidia rief Bandino Lo Franco an, den Jüngsten der drei Brüder, die La Vialla leiteten. »*Senti, sai dov'è il signore Robert de La Torre?*«

Lidia berichtete nach dem Telefonat, Bandino habe den beiden am Morgen das Kapellchen neben dem Landhaus *Spedale Vecchio* gezeigt, dann hätten sie sich verabschiedet. Sie sollten sich aber keine Sorgen machen. *Tutto va bene!*

Das konnte Hellena nun überhaupt nicht beruhigen.

Keine Spur von Robert. Oder seiner Begleiterin. *Wieso hat er plötzlich eine Frau an seiner Seite?*

»Sie werden inzwischen sicher schon bei ihren Gästen sein.« Lidia schloss sich den beiden an.

Schnell waren sie die kurze Strecke hinaufgelaufen.

Hellena spürte ein Stechen in der Seite.

Ihr Bruder war immer noch nicht da.

Hellena setzte sich auf die Bank vor dem Landhaus, den Zypressenweg im Blick.

Wo steckst du, Robert? Nicht auszudenken, wenn dir etwas zugestoßen ist!

George übernahm die Ansprache. »*Our host is missing. Who has seen Robert last … when and why?*« Er lachte dabei, was Hellena völlig unpassend fand. Ob es einen Unfall gegeben hat ... irgendwas muss mit Robert passiert sein ... warum rasen die hier selbst auf engen Straßen immer so? Robert war immer pünktlich, danach konnte sie die Uhr stellen. Das sah ihm gar nicht ähnlich. Während sie meist in der letzten Minute zu einem verabredeten Termin erschien, kam ihr Bruder immer zu früh, manchmal sogar eine halbe Stunde.

Ein Paar aus Lyon hatte die beiden Vermissten als Letzte gesehen. Kurz nach Mittag.

Wann hat sich Robert in Bomarzo gemeldet? Der Eingang seines Anrufes war auf dem Display verzeichnet ... dann fiel Hellenas Blick auf den letzten Anruf, den sie nicht mehr angenommen hatte ... *wer hatte versucht, mich zu erreichen? Hängt Roberts Verschwinden damit zusammen?*

George erbot sich, die Gästeschar zu beruhigen.

Er versuchte es auf seine englisch-ironische Weise, aber die Lacher blieben aus. Nun hatte Hellenas Aufgeregtheit auch die anderen angesteckt. Sie war sich sicher, dass ihm etwas zugestoßen war.

Wieder musste sie an das schiefe Haus denken, das sie in Bomarzo fotografiert hatte.

»Da kommen sie ja!«, rief ein Kind, das zwischen den Zypressen auftauchte.

Hellena konnte die Tränen nicht zurückhalten.

Ihr Bruder im weißen Leinenanzug und silbernem Schlips, neben ihm eine hoch gewachsene Frau mit kurz geschnittenem schwarzem Haar in einem elfenbeinfarbenen, schulterfreien Kleid und einem Bolerojäckchen mit schwarzer Spitze.

»Fast eine Stunde ... mein Romeo ist gerast wie der Teufel ... und du, wo warst du?«

Sie trommelte mit beiden Fäusten auf seine Brust.

Dann fiel ihr Blick auf den beleibten Priester, der mit hochrotem Kopf hinter den beiden herkam. Im vollen Ornat.

»*Colpa mia, tutta colpa mia!*« Alles seine Schuld. Jetzt müsse er erst mal ein Schlückchen trinken. Er ließ sich einen *torbolone,* den kräftigen Roten, einschenken.

Robert entschuldigte sich ebenfalls. Sie hätten so lange auf den Pfarrer warten müssen.

Es war ihm überaus unangenehm, dass ihn die Gäste etwas erschreckt anblickten.

George fand als Nächster ein paar Worte: »Ist es denn so schrecklich, vierzig zu werden, dass du gleich einen Geistlichen mitbringen musst?«

»Tut mit leid, dass ich mit meiner Verspätung für soviel Aufregung gesorgt habe«, sagte der Priester, »aber«, er zögerte einen Augenblick, schaute an sich herunter und strich über den Ornat, »mein Outfit war noch in der Reinigung.«

Bandino Lo Franco trat aus dem Haus. »Jetzt kann die Feier beginnen, die Autos stehen bereit.« Er zwinkerte Robert zu.

»*Robert, what's cooking?*« Es war George, der die Spannung nicht länger aushielt.

Robert stellte sich zwischen den Priester und Bandino und nahm seine Freundin an der Hand: »Für diejenigen, die Isabel noch nicht kennen, das ist nicht nur meine neue Freundin ... sie wird heute noch meine Frau.«

Hellena entfuhr ein spitzer Schrei.

Was?

Der fliehende Robert will heiraten?

Heute?

Und hat mir nichts gesagt ...

Nun gab es kein Halten mehr. Einige lachten aufgeregt, andere klatschten Beifall. Hoben ihre Gläser, um auf die beiden anzustoßen.

»Ich habe euch alle heute hierher gebeten, nicht nur, um den 40. Geburtstag zu begehen, sondern auch, weil ich mir keinen schöneren Ort für meine Hochzeit vorstellen kann als das Kapellchen neben *Spedale Vecchio*, wo ich ja schon manche Tage verbracht habe. Mir war klar, wenn ich mich jemals trauen sollte ... na ja, eher trauen lassen würde, dann muss es dort sein. Mit eurer Hilfe wollen wir uns vom Priester den kirchlichen Segen holen. Und jetzt, auf die Pferde, lassen wir den Musiker dort oben nicht länger warten.«

Robert ging auf Hellena zu, umarmte sie fest und flüsterte: »Schön, dass du da bist! Ohne dich hätte ich mich wirklich nicht getraut.« Er machte eine Pause. »Und die Nächste wirst dann du sein.«

Fattoria La Vialla

Als Hellena die kleine Pilgerkapelle aus dem 11. Jahrhundert betrat, entdeckte sie ihre Eltern. Sie saßen in der ersten Reihe und winkten sie heran.

»Ihr? Hier?«

»Das ist doch selbstverständlich«, entgegnete ihr Vater. »Wenn Robert endlich ...«

»Wenigstens ihr hättet mir was sagen können!« Hellena war entrüstet. »Was soll denn diese Geheimniskrämerei?«

Ihre Mutter hatte sich herausgeputzt. Elegant wie immer, in einem Kostüm aus Rohseide.

Wie sehe ich denn aus? Hellena strich an ihrem blaugrauen Pullover herunter. Noch hatte sie keine Zeit gehabt, sich umzuziehen und ihre ausgefransten Arbeitsjeans gegen die englischen Slacks zu tauschen. Sie hatte sich für das runde Geburtstagsfest ihres Bruders ein silbrig glänzendes Jackett aus durchsichtigem Material geleistet.

Als das Brautpaar die Kapelle betrat, spielte der Cellist das Präludium der Suite No. 1 von Johann Sebastian Bach. Er saß rechts neben dem Altar, der nur aus einem Felsquader mit rechteckiger Steinplatte bestand. Sofort verstummten alle Gäste und nahmen auf den engen Holzbänken Platz. Die Kapelle war von Hunderten Kerzen erleuchtet. An diesem Zufluchtsort der Pilger war auf 750 Meter Höhe ein Hospiz, *spedale*, errichtet worden, daneben die Pieve als Ort der Einkehr für die Gläubigen.

Was ist geschehen, dass Robert seine Ehe-Flucht aufgegeben hat?, dachte Hellena. Sie betrachtete eingehend die Frau an seiner Seite. *Isabel? Hieß sie nicht so. Eine Deutsche?* Noch hatte Hellena kein Wort von ihr vernommen. Sie hatte einen südländischen Teint, aber den konnte man auch im Sonnenstudio erwerben. *Wo waren die Eltern der Braut?* Das fiel Hellena erst jetzt auf.

Nachdem der Musiker sein Spiel beendet hatte, trat der Priester schnell vor die Gemeinde und Hellena sagte zu ihrer Mutter, die neben ihr saß: »Seit wann weißt du es?«

Ihre Mutter legte den rechten Zeigefinger auf die fein geschminkten Lippen.

Isabel und Robert lauschten der sonoren Stimme des Priesters. Er kam aus der Toskana, was man leicht an dem angehauchten Ch ausmachen konnte. Im toskanischen Italienisch wurde aus jedem *casa* ein *chasa*, aus jeder *cosa* eine *chosa*.

Erst ist Robert verschwunden, dachte Hellena, *lässt uns über eine Stunde warten, und dann feiert er zu aller Überraschung nicht nur seinen 40. Geburtstag, sondern auch noch Hochzeit.* Sie kannte ihren Bruder nicht wieder. *Warum hatte er ihr nichts von Isabel erzählt?* Sie telefonierten doch mindestens einmal die Woche miteinander, ganz gleich, in welcher Ecke der Welt sie steckten. Sie wusste stets, an welchem Projekt er gerade arbeitete, und erzählte ihm, welche Steine sie wo fotografierte. Im vergangenen Jahr hatte sie Robert oft mehrmals am Tag angerufen. Immer, wenn sie seine beruhigende Stimme brauchte.

Und dann verschweigt er mir, dass er heiraten will.

Nicht zu fassen. Sie würde ihn zur Rede stellen, sobald sich dazu eine Gelegenheit bot.

Der Priester ließ die kleine Gemeinde, die kaum mehr als zwei Dutzend Personen umfasste, für den feierlichen Moment aufstehen.

Das Ja-Wort.

Isabel sagte: »*Si!*«

Robert sagte: »Ja!«

Nun dürften sie sich küssen, fügte der Priester an.

Also doch eine Italienerin, dachte Hellena. *Aber warum waren denn Isabels Eltern nicht erschienen?*

Der Priester erteilte den Segen, nachdem sie gemeinsam, jeder in der eigenen Sprache, das Vaterunser gesprochen hatten.

Der Cellist spielte eine Tarantella, spritzig, aufgeregt, zum Tanzen animierend.

Bandino hatte eine Kinderschar aus der großen Familie Lo Franco zusammengestellt, alle in weißen Kleidchen und Anzügen, die Reis warfen, als das frisch vermählte Paar die Kapelle verließ.

Hellena erinnerte sich an eine Szene auf dem Zocalo, dem riesigen Platz vor der Kathedrale in Mexico D.F. Auch da wurde Reis auf das Brautpaar geworfen. Sofort kamen Kinder und Frauen, die den Reis vom Boden aufklaubten und in verbeulten Blechdosen sammelten, damit sie was zum Essen hatten.

»*Attenzione! Attenzione!*«, rief Isabel und drehte den Gästen den Rücken zu.

Schon flog der Brautstrauß durch die Luft.

Aber niemand griff danach.

Er fiel zwischen den Gästen zu Boden.

Hellena wollte sich gerade bücken, als ein schwarzer Hund aus dem Dunkel hervorschoss, sich den Strauß schnappte und blitzschnell wieder verschwand.

Robert setzte ihm nach, hatte aber keine Chance.

Spaghetti mit rotem Pesto, Pappardelle mit einem Sugo aus Tomaten, Oliven und Kapern, *pici al cinghiale*, die kräftigen Winternudeln mit einer Wildschweinsoße – diese drei Spezialitäten wurden als *primi piatti* gereicht, als die Hochzeitsgäste an der langen Tafel unter den Feigenbäumen Platz genommen hatten.

Hellena hatte inzwischen erfahren, dass ihre Schwägerin Argentinierin war. Sie stammte aus einer deutsch-italienischen Familie. Robert hatte Isabel bei einer Recherche über den Schweizer Clown Dimitri kennen gelernt, der in Verscio im *Centovalli* seine eigene Clownsschule leitete. Dort war Isabel für ein Jahr als Artistiklehrerin engagiert. Seit der ersten Begegnung sei alles ganz schnell gegangen. Liebe auf den nullten Blick, sagte Robert. Isabel zeigte ein feines Lächeln.

Robert war nicht wenig erstaunt, als nach dem ersten Gang alle schmutzigen Teller vor ihm aufgetürmt wurden. Adolfina, die Köchin, kam aus der Küche, nahm ihre

Schürze ab und band sie mit geübten Griffen dem Bräutigam um.

»*Così fan tutte!*«, rief Bandino aus. Damit die Männer auch wissen, dass die Küche nicht nur Frauensache sei.

Vor dem Hauptgang nahm Hellenas Vater sie zur Seite. Ob dieser Mann sie erreicht habe, fragte er.

Hellena zuckte zusammen. »Du hast doch wohl niemand meine neue Handynummer gegeben! Papa, bitte, du weißt, was dann geschieht!«

Ihr Vater erwiderte, er selbst habe die neue Nummer nicht mal. Sie wolle doch nicht ...

»Was hast du dem Mann gesagt?«, fuhr Hellena ihren Vater an.

»Ich habe nur gesagt, dass du irgendwo in der Toskana fotografierst. Und die Toskana ist ja wohl ziemlich groß.«

»Bitte, Papa. Tu mir den Gefallen. Ich möchte nicht wieder ...«

»Schon verstanden!«, erwiderte ihr Vater. Sie spürte, wie sich ihr Puls augenblicklich beschleunigte.

Als *secondo* wurden im Ofen gegrillte Lammschulter mit Rosmarin, Flusskrebse in Weißweinsauce, gedünsteter Schwertfisch mit Fenchel serviert.

Immer wieder blickte Hellena zu ihrer Schwägerin.

Es gibt jetzt also diese Frau, dachte sie.

An der Seite meines Bruders.

Was hätte es geändert, wenn ich früher von der geplanten Hochzeit erfahren hätte? Wer kann Robert schon böse sein? Ich doch nicht! Nun war es nicht mehr so sehr seine Geheimniskrämerei, sondern ... *Du bist doch wohl nicht neidisch,* schalt sich Hellena. *Oder gar eifersüchtig? Nur weil Isabel aufgetaucht ist. Sei nicht so kindisch.*

George war der erste, der einen Toast auf das Paar ausbrachte. »*I must say, I am really amused, Robert. We all are! Let's drink to the young couple!*«

Und dann sprach er über sein Geburtstagsgeschenk, aus dem ja nun ein Hochzeitsgeschenk geworden sei. »In Anghiari, das liegt nicht weit von Arezzo entfernt, gibt es alle fünf Jahre einen seltsamen Brauch. Bürger des Städtchens, und das können durchaus ein paar hundert sein, schreiben sich in eine Liste ein und verpflichten sich, jeden Morgen pünktlich um sechs auf dem Hauptplatz zu erscheinen und dort ihren Stuhl einzunehmen. Und das sogar den ganzen Monat Mai lang.«

Hellena dachte, wie schwer ihr das Pünktlichsein manchmal fiel. *Aber zu Roberts Fest hab ich es geschafft. Zwei Minuten vor 18 Uhr.*

George schaute in die Runde und fuhr fort: »Denn wer auch nur eine Minute zu spät kommt, wird auf einen Karren gesetzt, durchs Städtchen gefahren. Er darf mit allem Möglichen beworfen werden. *La Scampanata,* so heißt diese Verrücktheit in Anghiari. Könnte von *Monty Pythons Flying Circus* erfunden worden sein. Mein lieber Robert, ich habe dir schon eine Strecke von sieben Seiten im nächsten Heft von *Travellers World* eingeräumt – da darfst du schreiben, was du willst, und weil Hellena auch da ist, was ich insgeheim gehofft habe, soll sie die Fotos machen. Was meint ihr?«

George strahlte, als habe er dem Geschwisterpaar gerade die Kronjuwelen aus dem Londoner Tower zum Geschenk gemacht.

Robert sah Hellena an. So ein Ulk war genau das, worüber er gerne schrieb. Wieso hatte er noch nichts davon gehört? Er wollte diesen seltsamen Brauch gleich mal googeln. Und wenn er schon in der Gegend war ...

Hellena lehnte ab. Leise, aber bestimmt. Nein, sie würde Steine fotografieren, das wisse George doch. Nur Steine, betonte sie. Das klang durchaus bescheiden, aber sie sagte es nicht ohne Stolz.

»Für deinen Bruder kannst du mal eine Ausnahme machen!«, bat George. »Er würde sich freuen. Einmal früh aufstehen, einen oder maximal zwei Vormittage fotografieren, du machst so tolle Fotos, Hellena, *please!*«

Sie blieb dabei. Die Fotografin hatte ihre Gründe, warum seit geraumer Zeit ihre Fotomotive ausschließlich Steine waren.

Als der Hauptgang abgeräumt war, bekam Isabel einen verdeckten Teller gereicht. Unter einer weißen Serviette lagen eine Banane und zwei kleine Apfelsinen.

Isabel schaute nach links, nach rechts. Zeigte ihrem Bräutigam verstohlen, welches Geschenk man ihr gemacht hatte.

Selbst beim Schein der Kerzen auf der Tafel konnte Hellena erkennen, dass Isabel ein wenig rot geworden war.

Ein Hochzeitskuchen wurde aufgetragen, den Isabel und Robert gemeinsam anschneiden und verteilen durften.

Bandino Lo Franco sagte zu Hellena: »Gar nicht einfach, den so schnell anfertigen zu lassen. Wir wissen erst seit gestern, dass Ihr Bruder hier auf La Vialla heiraten will. Haben Sie eine Ahnung, warum er es geheim gehalten hat?«

Hellena verneinte. Bisher habe ihr Bruder ihr immer alles, und sie meine: alles, erzählt. Jede auch noch so kurze Beziehung. Ein paar der Verflossenen habe sie sogar in Augenschein nehmen müssen, um ihm zu sagen, was sie von einer Verbindung mit ihnen halte. »Aber dieses Mal, wenn es wirklich was Ernstes ist ...« Sie schüttelte den Kopf.

»Meine Frau Eleonora und ich haben auch in der Kapelle von *Spedale Vecchio* geheiratet!«

»Ein archaischer Ort. Zum Verlieben schön!«

Plötzlich kam lautes Gejohle aus dem Haus.

Hellena sah, dass ein Mann mit einer großen Schneiderschere kam und Roberts silberne Krawatte in Windeseile in kleine Schnipsel zerlegte.

Jeder konnte gegen einen Obolus ein Stück von dem Schlips des Bräutigams erwerben. Das Geld wurde in einem schwarzen Zylinder gesammelt.

»Ich weiß ja nicht, was Sie für Bräuche in Deutschland haben«, kommentierte Bandino, »aber wenn einer in Italien heiratet, hat er einiges auszustehen.«

Du bist hier die Einzige, die nicht verheiratet ist, dachte Hellena. *Niemand zum Verschwestern da, oder?*

Sie ging in die Küche, in der die verschiedenen *dolci* vorbereitet wurden. Eine Auswahl von Früchten und Gebäck. *Gelato al limone.* Natürlich durften *cantucci* mit *vin santo* nicht fehlen.

»*Com'è stato?*«, fragte Adolfina.

»*Molto buono! Veramente molto buono!*«, antwortete Hellena, die ein leidliches Italienisch sprach.

Die Köchin schaute sie an, dann nahm sie Hellenas Hand und blinzelte ihr zu.

»*Il suo fratello adesso è sposato!*«

»*Si!*«, erwiderte Hellena, obwohl sie nicht ganz verstand, was Adolfina ihr gesagt hatte.

Isabel tauchte hinter Hellena auf, um sich bei den eifrigen Helfern zu bedanken. Sie hielt den schwarzen Zylinder in der Hand und reichte seinen Inhalt an das Küchenteam weiter. »*Un gran piacere! Grazie, mille grazie!*«

Isabel umfasste Hellena: »Schön, Sie endlich kennen zu lernen. Robert hat immer von Ihnen geschwärmt!« Sie machte eine Pause. »Ich glaube, am liebsten hätte er Sie geheiratet.«

Hellena konnte sich ein Lächeln nicht verkneifen. Hatte Robert sie also nicht ganz vergessen.

»Wir sollten uns duzen!«, sagte sie. »Schließlich sind wir nun verwandt.«

Die beiden Frauen umarmten sich lange.

Hellena dachte wieder an das schiefe Haus in Bomarzo. *Wie leicht das Leben aus dem Gleichgewicht geraten kann.* Oder: wie schnell die Lebensstrasse eine völlig neue Richtung einnehmen kann. *Auf jeden Fall die von Robert.*

Trevor

Hätte nicht gedacht, dass es so schnell geht. Manchmal braucht man nur den richtigen Einfall. Daran mangelt es jemandem wie mir aber nie. Und mein Italienisch hat mir geholfen, ohne die Sprache wäre es nicht gegangen. Das veränderte Aussehen nicht zu vergessen.

Kenne ja mein eigenes Spiegelbild kaum wieder.

Aus einem englischen Dandy à la Oscar Wilde ist ein sardisches Schlitzohr geworden, wie ihn Gavino Ledda nicht besser hätte beschreiben können.

Als ich erfuhr, wo ich nach ihr suchen muss, dachte ich: Keine Chance hast du! Viel zu groß, das Gebiet.

Aber immer, wenn sich so eine hohe Hürde vor mir auftut, reizt mich das umso mehr.

Ihre Nähe lohnt es. Sie unter Kontrolle zu haben, auf jeden Fall. Sie unbemerkt zu beobachten, was für eine herrliche Erregung. Und sie nach einer angemessenen Frist wieder in die Arme schließen zu können ... aber so weit bin ich noch lange nicht.

Wie sagte mein sardischer Großvater: Wenn zwischen dir und dem Meer ein Berg liegt, dann gehe nicht durch das Tal.

Ich habe die Karte in Planquadrate eingeteilt. 77 kleine Planquadrate, die ich systematisch durchfahren habe. Hatte mir jeden Tag zehn Planquadrate vorgenommen, um nach ihr zu suchen.

Einen Namen habe ich ihr für meine Suche auch gegeben.

Beatrice, so nenne ich sie. Ganz einfach: Beatrice. Keinen

Nachnamen, keine Adresse. Nur Beatrice.

An drei Orten habe ich meine Peilsender verteilt. Präzise ausgewählt, hab mich in Beatrices Überlegungen hinein gewühlt. So gut kenne ich sie, dass ich mir vorstellen kann, was sie als Nächstes plant.

Zweitausend Euro, wenn du den Peilsender am richtigen Wagen anbringst, habe ich meinen Helfern zugesagt. Aber nur im Erfolgsfalle. Keiner von den Angesprochenen hat das abgelehnt, nachdem ich gleich die Hälfte der Summe ausgezahlt habe. Dafür musst du nur die Augen aufhalten und abwarten, bis der Wagen mit dem richtigen Nummernschild vorbeikommt. Den verfolgst du und dann in einem günstigen Moment pappst du den Peilsender unter den Kofferraum. Die Magnete sind stark genug. Nicht zu nahe an der Stoßstange, sonst ist er sichtbar.

Den drei Männern hab ich ein Geschichtchen aufgetischt. Jedem ein anderes.

Beatrice habe im Lotto gewonnen, mehr als hunderttausend Euro, aber sie wisse noch nichts davon. Das Los trage sie bei sich und wenn ich sie nicht erreiche ...

Beatrice sei schwer zuckerkrank. Das Krankenhaus habe mir die Werte übermittelt, wenn sie nicht bald gefunden werde ...

Beatrice sei die entlaufene Nanny meiner Kinder. Nur sie sei in der Lage, die wilden Drillinge zu bändigen. Meine Frau habe schon lange kapituliert, deswegen müsse ich ...

Jeder hat mir geglaubt. Einfach gut ausgedacht, um die Fantasie meiner Helfer zu beschäftigen. Die zweitausend Euro waren natürlich auch ein Argument.

Nicht ganz billig so eine Suche. Aber wenn so ein Ziel winkt ...

Als ich dem Friseur in Florenz sagte, ich wolle alle Haare auf dem Kopf und im Gesicht blauschwarz gefärbt haben, nannte er einen exorbitanten Preis und nickte anerkennend, als er sein Werk nach dem Färben betrachtete. Sie sehen zwanzig Jahre jünger aus, sagte er. Trotz meines säuberlich getrimmten Vollbartes.

Beatrice wird mich bestimmt nicht wiedererkennen. Dazu ist meine Tarnung viel zu perfekt.

Den pinkfarbenen Jaguar habe ich in der Garage eines Autovermieters in Poggibonsi versteckt. Signore Punzo war nicht wenig erstaunt, dass ich mir nur einen mickrigen FIAT ausgeliehen habe. Ob er meine Luxuskarosse denn mal fahren dürfe? Das hab ich ihm verweigert, soll er sich doch selbst so einen Wagen kaufen.

Wie sagte mein Großvater: Hast du kein Geld, um ein Schaf zu kaufen, nimm es von der Weide des Nachbarn.

Bei nur drei Peilsendern einen Treffer zu landen, das können nur wenige. Gute Quote, heißt so was in Ascot.

Ich hatte erst vierundzwanzig Planquadrate abgefahren, als mein Empfänger blinkte. Ist der Peilsender auch am richtigen Auto angebracht worden?, war mein erster Gedanke.

Auf dem kleinen Bildschirm erschien der Aufenthaltsort. Gar nicht mal so weit von mir entfernt. Kaum zwanzig Kilometer.

Ich prügelte den FIAT zur Höchstleistung, konnte aber die Entfernung zu Beatrices Wagen nicht verringern. Mal waren es zweiundzwanzig Kilometer, mal achtzehn.

Wozu die Hetze? Irgendwann wird sie parken und den Wagen verlassen. Ich werde sie finden, nur eine Frage der Geduld.

Hätte nie gedacht, dass ich so schnell Erfolg haben würde.

Moderne Hightech, grandios.

Die 15.000 $ sind gut angelegt, auch wenn mich diese Ausgabe ziemlich geschmerzt hat.

Als ich Beatrices Wagen ausfindig gemacht hatte, wusste ich: Die erste Etappe ist erreicht! Nun beginnt die Zeit der Observation, das reine Vergnügen.

Der Mann, der den Peilsender angebracht hat, wird lange warten müssen. Den zweiten Tausender werde ich mir sparen. Die Adresse, die ich ihm gegeben habe, ist falsch. Der glaubt immer noch, mit einem Sarden aus Sassari zu tun gehabt zu haben.

Pieve di Gropina

Alto Pahl blickte auf das Gesicht, das in den Pflasterstein geritzt war. Ein Seitenprofil mit Pagenkopf, wie ein enganliegender Helm, die Nasenpartie leicht zerstört. *So etwa muss auch ich aussehen*, dachte er und konnte sich ein Lächeln nicht verkneifen.

Der Abt des Klosters hatte ihn zum Friseur nach Loro Ciuffenna geschickt. Dort würde er sich seit 50 Jahren die Haare schneiden lassen. Ein ganz solider Handwerker, hatte der Abt gesagt. Wenn er seine Mähne loswerden wolle, dann sei das die richtige Adresse.

Er hatte Alto den Weg nach Loro Ciuffenna auf der Rückseite eines Werbebriefes aufgezeichnet. Ganz in der Nähe gebe es eine Kirche aus dem 12. Jahrhundert zu besichtigen, die dürfe er nicht auslassen. Und er hatte Alto erklärt, wo er den Schlüssel für die *pieve* in Gropina bekommen würde. Die Frau sei etwas behäbig, aber er solle so lange klingeln, bis sie rauskommt und aufschließt. »*Coraggio, figlio mio!*«

Alto mochte diesen über 75jährigen, dessen kleine Augen von dichten, weißen Brauen überwuchert waren. Er hielt beide Hände in der dunkelbraunen Kutte verborgen. Noch seien nicht viele Gäste im Kloster La Verna. So könne er sich um einzelne Besucher kümmern, was ihm sichtlich Vergnügen bereitete.

Haare schneiden, das war der nächste Schritt für Alto. Das Aussehen völlig verändern. Weg aus Stuttgart. Weg mit der Mähne, die ihn schon lange bei der Arbeit gestört hatte. Er trug seit vielen Jahren einen Pferdeschwanz, den er stets mit dem roten Band zusammenschnürte, das von einem Weihnachtsgeschenk seiner Mutter stammte.

Der kleine Laden des Friseurs in Loro Ciuffenna lag versteckt zwischen einer Bar und einem Schuhgeschäft. An den Wänden modische Frisuren. Aus den 60er Jahren. Der alte Herr rauchte unentwegt. Redete unentwegt. Die Augen hinter den dicken Brillengläsern gingen lustig hin und her. Der Friseurstuhl war an manchen Stellen mit Klebeband geflickt. Unter dem halbblinden Spiegel standen Dutzende von Duftwässern. Auf manchen waren die Vornamen seiner Kunden zu lesen. Andere nicht entzifferbar.

Was heißt »bitte einmal Haare schneiden« auf Italienisch? Alto Pahl hatte mit Zeige- und Mittelfinger seiner rechten Hand eine Schneidebewegung imitiert.

»*Si, Si!*« bekam er zur Antwort.

Wie viel soll weg, übersetzte er sich die Frage des Friseurs. Alto Pahl wiederholte seine Geste.

»*Si, Si!*« bekräftigte der Friseur.

Und dann begann der ganz solide Handwerker. Erst mit der Maschine, dann mit immer kleiner werdenden Scheren. Bis Alto sich im Spiegel nicht mehr wiedererkannte.

Es war die Frisur des Abtes geworden. Nur dass Alto noch keine Tonsur aufzuweisen hatte. Für den Preis, den er entrichten musste, hätte in Stuttgart kein Friseur einem Kunden auch nur die Haare gewaschen.

Alto schlenderte durch die mittelalterlichen Gassen des kleinen Ortes, dessen Vorname *Loro* auf Lorbeer zurückgeht, bis zur romanischen Bogenbrücke über die tiefe Schlucht, die der Wildbach Ciuffenna aus den Felsen gespült hatte. An seinem Ufer stand eine alte Wassermühle, die noch in Betrieb war.

Wahrscheinlich werden sie mich jetzt für einen Mönch aus dem Kloster halten, dachte Alto. Mit diesem Haarschnitt lief er jedenfalls nicht mehr Gefahr erkannt zu werden. Darauf kam es ihm an. Selbst gute Freunde würden mehrmals hinsehen müssen.

Zwei Kilometer weiter erreichte Alto die *Pieve di Gropina*.

Als er die Augen von dem gravierten Gesicht im Pflasterstein hob, bemerkte er, dass das Hauptportal der *pieve* offen stand. *Wie gut, dann brauche ich nicht radebrechend um den Schlüssel zu bitten.*

Er schloss sein Motorrad ab, schnallte den Helm auf den Sattel und betrat die romanische Kirche.

Ein Blitz zuckte auf.

Für den Bruchteil einer Sekunde war das Kircheninnere erleuchtet. Alto erkannte eine Frauengestalt. Dann war es wieder dunkel.

Er machte zwei Schritte zur Seite, verbarg sich lautlos hinter dem rechten Türflügel.

Wieder zuckte ein Blitz.

Die steinerne Kanzel leuchtete auf.

Was für ein Schauspiel! Eine Zeitlang war es dunkel. Dann tauchten in grellem Licht Details auf. Fratzen, Masken, nackte Körper, Gesichter mit riesigen Augen. Spiralen, ein Sonnenpaneel, eine Weinrebe mit Trauben.

Die Fotografin schien ihn nicht bemerkt zu haben. Mit Hilfe eines Arbeitslichtes veränderte sie immer wieder die Position des Stativs, auf dem eine schwere Plattenkamera ruhte.

Zwischendurch nahm sie eine kleine Digitalkamera zu Hilfe.

Fahles Dunkel.

Wie konzentriert sie arbeitet, dachte Alto. Noch hatte er ihr Gesicht nicht erkennen können. Er spürte, wie sie ganz in ihrer Arbeit versank. Als wolle sie eins werden mit den Fotoobjekten.

Greller Blitz. Jetzt fotografierte sie die verknotete Säule unter der Kanzel. Kunstvoll aus Stein gehauen. Wie ein verschlungener Hefezopf, den Alto für Ostergäste gebacken hatte.

Mattes Arbeitslicht. Für einen kurzen Augenblick konnte er ihr Gesicht sehen, das in Richtung des Portals schaute. Hatte sie ihn entdeckt? Ein schmales Gesicht, unter einer jungenhaften Frisur. Er schätzte die Frau auf Mitte dreißig.

Minutenlang stand die Fotografin und schaute. Bewegungslos. Blaugrauer Pullover und Jeans, mehr war im Schattenriss nicht zu erkennen. Manchmal legte sie die Daumen- und Zeigefinger der beiden Hände zu einem Bildrahmen zusammen. Manche Einstellung verwarf sie wieder.

Mal ging sie in die Hocke oder betrat die vierstufige Leiter, um aus anderer Perspektive zu schauen.

Leidenschaft, Begeisterung, Hingabe strahlte sie aus, wie immer er es auch bezeichnete – eines Tages, und er konnte nicht mal genau sagen wann, war sein Feuer erloschen.

Why do we work so hard for things that we don't really want? Wieder tauchte die Stimme der farbigen Sängerin Jearlyn Steele auf. Ein Ohrwurm, der ihn in den letzten Monaten begleitet hatte. Der Job hatte ihn fest im Griff und ließ nicht locker. Von den anderen Schatten, die seinen Alltag verdunkelten, nicht zu reden.

Seltsam, eine Kirche mit den Augen einer fremden Frau zu betrachten. Er wollte dem Abt für den Tipp danken. »San Pietro in Gropina dürfen Sie nicht auslassen«, hatte er gesagt, und damit recht gehabt.

Dunkel. Blitz. Arbeitslicht. Schauen. Nachdenken. Fotografieren. Was für eine Sorgfalt und Präzision. Hätte er in den letzten Monaten, Jahren nur einen Tag so in Ruhe arbeiten können ...

»*Per favore, chiudi la porta e dai la chiave alla signora. Grazie!*«, rief die Fotografin ihm zu, nachdem sie ihre Kameras verstaut, das Stativ zusammengeschoben und die kleine Leiter geschultert hatte. Ihr Satz hallte durch die *pieve*.

Dann war sie durch den Seitenausgang verschwunden.

Mit ein paar Schritten eilte Alto Pahl zum Seitenausgang. Als er ins Helle trat, er musste die Hand über die Augen halten, brauste ein roter Alfa Romeo an ihm vorbei. Rasante Abfahrt, dachte Alto und kehrte in die Kirche zurück.

Nun hab ich die pieve für mich alleine.

In der Sakristei fand er eine Broschüre über die Kanzel von Gropina. Auf Deutsch, wunderbar. Geschrieben vom Pfarrer Valente Moretti.

Was hat es mit den kleinen, nackten Figuren oberhalb des Säulenzopfes unter der Kanzel auf sich? Sie standen nebeneinander aufgereiht mit hoch erhobenen Händen, hatten viel zu große Köpfe mit riesigen Augen.

»Die erhobenen Arme drücken die Haltung der Betenden aus, wie es uns die Bibel lehrt. Die zwölf Apostel sind betend dargestellt und der Heilige Geist erleuchtet sie von oben. Die kleinen, nackten Körper überbringen eine zweifache Botschaft. Der Körper ist natürlich von wesentlicher Bedeutung, jedoch ist er zweitrangig dem Geist gegenüber, der allein dem Körper Leben gibt. Ein Körper ohne Seele ist ein Leichnam.«

Alto hielt die Flamme seines Feuerzeuges nahe an den harten Stein, um die seltsamen, eher *aliens* gleichenden Figuren besser betrachten zu können.

Abwechselnd las er in der Broschüre des Pfarrers und schaute dann lange die Figuren an. Voller Konzentration. So wie es die Fotografin getan hatte.

Ich kaufe mir eine Digitalkamera, gleich nachher.

In der Mitte der Kanzel sind übereinander die vier Evangelisten mit ihren Symbolen aus dem Stein gehauen worden. Markus mit dem Löwenkopf, Matthäus als Engel, der menschliche Gestalt annimmt, wenn er zur Verkündigung erscheint, Johannes als Adler und Lukas mit dem Stierkopf.

Neben den Evangelisten symmetrische Spiralen und ein Sonnenpaneel auf leerem Feld.

»Die Spiralen weisen auf den Sinn eines Lebens im Glauben hin. Es handelt sich dabei um einen spiralförmigen, nach oben führenden Weg - immer weiter hinauf – bis zur endgültigen Begegnung mit Gott im ewigen Leben!«

Alto ließ die Broschüre sinken.

Wann hätte er sich die Zeit nehmen können, sich jemals so intensiv mit einem solchen Kunstwerk auseinanderzusetzen? Auch wenn er an seinem freien Sonntag so gerne Bildbände betrachtete.

Die Intensität der Fotografin schien ihn angesteckt zu haben.

Er schloss die *Pieve di Gropina* ab und verließ sie durch den Seitenausgang. Das Haus, in dem die Schlüsselbewahrerin wohnen sollte, lag gleich gegenüber.

Alto fand ihren Namen auf dem Klingelschild und drückte den Knopf.

Nichts rührte sich.

Er rief ihren Namen.

Ein Hund bellte hinter der Tür.

Schien nicht gerade ein kleiner Kläffer zu sein.

Auf dem Plätzchen hinter der Apsis der Kirche und dem umgebenden Gärtchen standen zwei Autos. *Vielleicht habe ich da Glück.*

Nichts zu machen.

Ist denn schon Mittagszeit, dachte Alto. Er kannte die Gewohnheit der Italiener, pünktlich alles stehen und liegen zu lassen und sich dem geheiligten Ritual des Essens zu widmen. Was für eine schöne Sitte, gelassen und souverän darauf zu bestehen. Die Ansprüche der täglichen Arbeit hatten Pause.

Dieses Gropina schien ein Geisterdorf zu sein. *Was mache ich jetzt mit dem Schlüssel?*

Der Hund bellte noch immer. Wütend.

Alto Pahl entschied sich, den Schlüssel in das Schloss des Seiteneinganges zu stecken. *Sie wird ihn sich schon abholen.*

Als er am Kirchenschiff vorbei vor den Haupteingang trat, sah er einen kleinen Jungen, der seinen Motorradhelm übergestülpt hatte. Wie hat der Knirps es geschafft, den Helm vom Sattel zu lösen? Eigentlich hätte er schimpfen mögen, der Anblick war aber so komisch, dass er schmunzeln musste.

Sehen kann der Kleine nichts.

Ein dunkelsilberner Astronautenhelm auf einem viel zu kleinen Kopf. *Hätte ich doch die Kamera schon gekauft ...*

Alto ging zu dem Jungen und klopfte sachte auf den Helm.

»Hallo, ist da jemand?«

Der Junge erschrak, nahm den Helm vom Kopf und strahlte seinen Besitzer an.

»*Questa macchina, molto veloce, he?*« Er zog mit dem Zeigefinger das rechte Augenlid herunter.

»*Si, si!*«, sagte Alto.

Er setzte sich den Helm auf und hob den Jungen auf den Sattel seiner schweren BMW. Sofort nahm er die Haltung eines Rennfahrers ein und imitierte dazu ein Motorengeräusch. Legte sich in die Kurven und raste in seiner Fantasie durch die Lüfte.

Plötzlich ertönte eine helle Stimme. »Emilio, Emilio!«

Der Kleine krauste die Stirn und zog die Schultern hoch: »*La mamma, mi scusi!*«

Gemeinsam gingen sie an der Kirche vorbei.

Emilio hatte seine Hand in Altos gedrückt.

»*Emilio, mangiare, presto!*« Jetzt sah Alto die Frau. Sie schaute aus dem Fenster des Hauses, an dem er vergeblich geklingelt und gerufen hatte. Emilio winkte zum Abschied, bis er in der Haustür verschwand.

Was heißt: Ich wollte den Schlüssel abgeben! auf Italienisch, dachte Alto.

Er zeigte auf die Seitentür und drehte die rechte Hand hin und her, als würde er abschließen.

Die Frau rief: »O.K.!«

Ihr schien nicht aufzufallen, dass eine Frau den Schlüssel zur *pieve* bei ihr abgeholt hatte und ein Mann ihn zurückbrachte.

Arezzo

Mario de Filippis stand hinter dem Tresen und schäumte Milch für einen Cappuccino auf. Ein sattes Blubbern war zu vernehmen. Sein dunkelbraunes Jackett und die gelbe Weste ließen ihn eher wie einen Literaturprofessor als den Besitzer des Restaurants *Buca di San Francesco* aussehen. In dem Kellergewölbe, dessen Wände mit Ornamenten, Fabeltieren und floralen Mustern geschmückt waren, fanden sich Bilder moderner Künstler und Karikaturen, darunter eine Original-Handzeichnung des Tenors Enrico Caruso.

Alto Pahl war die wenigen Treppen zur *Buca* hinuntergegangen, nachdem er die Speisekarte studiert hatte. *Traditionelle toskanische Küche, wie schön.* Seine Besuche in Restaurants hielten sich in den letzten Jahren in Grenzen. Mehr als ein Dutzend Mal war er nicht zum Essen ausgegangen. Wann sollte er auch Zeit dafür gehabt haben?

De Filippis begrüßte Alto und bat ihn an einen Tisch gleich neben dem Wandgemälde, das den Namenspatron des Restaurants, den Heiligen Franziskus in der Mönchskutte, darstellte. Dann brachte er ihm geröstetes Brot, ein Schälchen mit Olivenöl und einen kleinen »Gruß aus der Küche«. Ein pikant gewürztes Tomatenpüree mit einem Stück geräuchertem Dorsch.

Schon beim Eintreten hatte Alto die Kiste mit Büchern

gesehen, die de Filippis unter dem ersten Bogen des Gewölbes platziert hatte.

Alto studierte die Speisekarte und bestellte zwei Vorspeisen, halbe Portionen: *Riso con le uova e parmigiano* und *Pappardelle al sugo di anatra e coniglio*. Alto freute sich auf die neuen Genüsse. *Mal sehen, wie eine Soße aus Enten- und Kaninchenfleisch schmeckt.*

Während er auf das Essen wartete, stöberte er in der Bücherkiste. Großformatige Kunstbücher neben Romanen und Bildbänden der Toskana. De Filippis zeigte ihm einige Bücher, die er im Eigenverlag herausgegeben hatte. »S.p.A. – *solo per amici* – nur für die Freunde.« Dort veröffentliche er Lyrik und Prosa von sich und seinen Stammgästen. Ein Verlag, der immer in den roten Zahlen sei, fügte er lächelnd hinzu.

Bevor Alto das Restaurant in der Stuttgarter Königsstraße übernommen hatte, war er häufiger zum Spionieren in andere Lokale gegangen. Hatte sich da und dort etwas abgeschaut, gute Ideen für seine Gerichte oder für die Neugestaltung seines Restaurants. Die einfachen Holztische, in deren eiserne Tischbeine Schlitze gefräst worden waren, um die Weinkühler einzuhängen, hatte er in einem Bistro in Bremen entdeckt. So eine Bücherkiste zum Stöbern wäre eine Bereicherung auch für sein Restaurant. Es trug den Namen *Chez Alto*, die ersten Buchstaben seiner beiden Vornamen: Albert und Thomas.

De Filippis brachte den mit Eigelb legierten Reis und hobelte reichlich frischen Parmesan von einem großen

Käsestück. Kochen sei ja durchaus eine der Schönen Künste, sagte er. »*Buon appetito!*«

Alto wollte dem Kollegen nicht widersprechen, aber für ihn war Kochen in erster Linie schweißtreibende Arbeit. Oftmals verbrachte er mehr als vierzehn Stunden in seinem Lokal. Nicht selten musste er die letzten Gäste eindringlich bitten zu gehen, um zwei Uhr morgens. Mindestens dreimal pro Woche war er um 5 Uhr früh auf dem Großmarkt, um frische Waren zu prüfen und einzukaufen. Nur so konnte er die Qualität seines Restaurants gewährleisten.

Das Risotto war auf den Punkt gegart, der Parmesan allerbeste Qualität. Ein gutes, einfaches Gericht, wie er es liebte. Wie hatte mal ein befreundeter Koch aus Siena gesagt: »Die Basis einer guten Küche sind gutes Gemüse, sauberes Fleisch, guter Käse, frischer Fisch – gutes Olivenöl, basta! Der Rest ist Fantasie.«

Inzwischen hatte Alto Pahl seine Geschäftsführerin Karla angerufen. Aus einer Telefonzelle. Sie und die anderen Mitarbeiter müssten sich um ihren Arbeitsplatz keine Gedanken machen – er werde noch einige Zeit unterwegs sein – die Löhne würden pünktlich überwiesen. Er brauche diese Auszeit. Karlas wiederholte Fragen, wo er denn überhaupt sei, hatte er unbeantwortet gelassen. Warum er nicht wenigstens sie eingeweiht habe? Auch darauf bekam Karla keine Antwort. Nur als sie auf Max zu sprechen kam, der jeden Tag mehrmals auf ihre Mailbox sprach, hatte Alto erwidert: »Du hast keinerlei Kontakt zu mir, verstanden! Du weißt überhaupt nichts! Den Gefallen musst du mir tun, Karla.« Nicht auszudenken, wenn Max ihn in Italien ausfindig machen würde.

Nachdem de Filippis erfuhr, dass Alto ein Kollege war, erbot er sich, ihm die Stadt zu zeigen. »Vor dreißig Jahren habe ich mich in Giulia aus Arezzo verliebt. Sie hat mich zum *toscano* gemacht. *Toscani* sind Menschen, die nicht abheben, ernste Menschen, die einen guten Spaß verstehen«.

Obwohl in Arezzo der Römer Gaius Maecenas gelebt habe, der Mann, auf den das Mäzenatentum zurückgehe, sei das Haus des wohl berühmtesten Kunsthistorikers Italiens, Giorgio Vasari, meistens geschlossen, erklärte Mario de Filippis. Die Stadt habe einfach kein Geld und einen Mäzen habe man bisher nicht finden können. Sie standen vor der eher schlichten Fassade der Villa Vasari und konnten nur auf einer Tafel ausmachen, welche Pracht sich hinter der Pforte verbergen musste. Der Architekt Vasari sei der Vater der Kunstgeschichte gewesen, er habe im 16. Jahrhundert über die Maler seiner Zeit wie da Vinci, Michelangelo und Piero della Francesca Daten und Biografien gesammelt, auf die sich noch heute die Forscher beziehen würden.

De Filippis war ein wunderbarer *cicerone*, er kannte Arezzo und seine Geschichten, führte Alto durch die engen Gassen, die manchmal steil anstiegen oder abfielen. Vorbei am *Museo Statale d'Arte Medievale e Moderna*, das lohne auf jeden Fall einen Besuch, und am *Palazzo Comunale*.

Immer wieder kleine Plätze, versteckte Nischen, elegante Paläste. Alto nahm sich vor, es nicht bei diesem ersten

Kennenlernen Arezzos zu belassen. Ihm gefiel die beschauliche Stadt, in der auch der humanistische Schriftsteller Petrarca und der Komödienschreiber Pietro Aretino gelebt hatten. *Vielleicht sollte ich hierher umziehen?*

Im Dom San Donato probte ein Musiker auf der Orgel. Inventionen von Bach. »Da kommen wir ja genau richtig«, sagte de Filippis. »Manchmal hat man auch Glück.«

Er führte seinen Kollegen zum Fresko der Heiligen Maria Magdalena, im linken Seitenschiff. Piero della Francesca hatte das Bild für den Dom gemalt, während er in Arezzo am großen Freskenzyklus »Die Legende des Wahren Kreuzes« arbeitete.

Alto Pahl blickte auf das sanfte Gesicht unter dem hellgelben Heiligenschein. Die Augen niedergeschlagen, beinahe demütig, feine Grübchen um die Lippen, anmutig geschwungene Brauen, eine freie Stirn, über die Schultern fallende, hellbraune Haare, die so filigran gemalt waren, dass man danach hätte greifen mögen.

Ihn erfasste ein milder Schauer. Als wollte die Figur zu ihm sprechen. *Was hat diese Magdalena an sich?* Obwohl ihr Blick zu Boden ging, fühlte Alto sich beobachtet.

Dieses Fresko sei lange Zeit als nicht bedeutend angesehen worden, erklärte de Filippis, obwohl Giorgio Vasari die zarte Schönheit der Heiligen schon damals hervorgehoben habe.

Alto konnte seinen Blick nicht von dem Gesicht nehmen. Etwas irritierte ihn, eine ferne Erinnerung? Er konnte sie nicht festhalten. *Hab ich diese Frau schon mal gesehen?*

Eine Zeitlang blieben sie im Dom, setzten sich in eine Bankreihe und lauschten der Orgelmusik. Wann hatte sich Alto das letzte Mal einen solchen Moment der Ruhe gegönnt? Die tägliche Raserei, der überbordende Stress, der andauernde Streit mit Max. All das forderte seinen Tribut.

Immer wieder schaute Alto zum Fresko hinüber. Als locke ihn diese Magdalena, länger bei ihr zu verweilen.

Höhepunkt des Stadtrundganges war die *Piazza Grande*, trapezförmig, unsymmetrisch, schräg abfallend. Mit den großzügigen Arkaden der *Loggia del Vasari* und der Kirche *Santa Maria del Pieve.* »Diese Piazza ist im Wesentlichen so geblieben, wie sie im Mittelalter entstand. Gebäude in verschiedenen Stilrichtungen, Geschlechtertürme, elegante Palazzi.«

Was für eine Pracht, was für eine Zurschaustellung von Wohlstand. »Hier finden zweimal im Jahr die Reiterspiele *Giostra del Saracino* statt – schon seit 1593. Dann müssen Sie wiederkommen.«

De Filippis lud seinen Kollegen zu einem Espresso ein. »Roberto Benigni hat einen Teil seines Filmes *La vita è bella,* für den er den Oscar bekommen hat, in Arezzo gedreht. Darauf sind wir alle stolz«, sagte de Filippis, »obwohl wir ja gar nichts dazu getan haben, nur unsere schöne Stadt zur Verfügung gestellt.« Alto erinnerte sich an den Auftritt Benignis bei der Oscar-Verleihung in Hollywood. Er sprang über die Lehnen der roten Plüschsitze und rief aus: »*Ho vinto! Ho vinto!*« Noch auf der Bühne spielte er den Clown.

»Haben Sie die Mona Lisa im Louvre mal genau angeschaut?«, fragte de Filippis und setzte das Kaffeetässchen ab.

»Wieso? Kommt die auch aus Arezzo?«, wollte Alto wissen.

»Ein Teil des Bildes kommt aus unserer Gegend.«

Und dann erzählte der Restaurantbesitzer, dass Leonardo da Vinci im Sommer 1502 im Valdarno als Kartograf gearbeitet habe. Für den Fürsten Cesare Borgia. »Schon damals hat er ziemlich genaue Erdkarten der Aretiner Täler gefertigt.« Fast ein halbes Jahr habe er in der Nähe von Rondine gelebt. »Auf der rechten Seite der *Gioconda*, oberhalb der Schulter, kann man deutlich eine romanische Brücke erkennen. Das ist der Ponte a Buriano. Und das ist gar nicht weit von hier entfernt, nicht mal zehn Kilometer.« Wenn sie vom Abendlicht beschienen werde ... einzigartig. »Das müssen Sie gesehen haben. Und im Hintergrund der Mona Lisa, Sie erinnern sich vielleicht an diese bläulich bizarre Landschaft, werden Sie die *balse* erkennen, die ausgewaschenen Kalkfelsen, die wir als das *Monument Valley* der Toskana bezeichnen.« De Filippis lachte. »Wir *toscani* sind ja immer sehr bescheiden.«

Als sich die beiden Männer verabschiedeten, bedankte sich Alto und versprach, noch mal zu kommen. Mario de Filippis erwiderte, er freue sich auf ein Wiedersehen. Und es gäbe ja auch noch einiges zu entdecken. Immerhin liege neben seinem Lokal die Kirche San Francesco mit Piero della Francescas berühmter Kreuzeslegende. »Dafür müssen Sie sich viel Zeit nehmen.«

Bevor Alto auf seine BMW stieg, kehrte er zum Dom zurück.

Das Bildnis der Heiligen hielt ihn in Bann.

Welche Botschaft wollte diese Magdalena ihm mit auf den Weg geben?

Dieser in sich gekehrte Blick. War es ihre überlegene Gelassenheit? Ein Sonnenstrahl fiel auf die Sünderin. Das Grün des Kleides, das Rot und Weiß des Umhangs wurden durch das Licht hervorgehoben. Das kristallene Salbgefäß in ihrer linken Hand schimmerte so hell als sei es von innen beleuchtet.

Mit gekreuzten Armen stand Alto vor dem Fresko. Als schwebe Magdalena über ihm.

Sein Atem stockte. *Sie sieht aus wie meine Schwester! Wie Andrea!*

Es war unverkennbar. *Das ist das Gesicht von Andrea!* Es gab keinen Zweifel.

Andrea hatte einen tödlichen Unfall. Ein Lastwagen drängte sie zur Seite, ihr Auto prallte gegen einen Baum. *Wie alt war ich da? Sechzehn, ich war erst sechzehn.* Und Andrea hatte kurz davor ihren achtzehnten Geburtstag gefeiert.

Die freie Stirn, die schmale Nase, der bescheidene Blick.

Nun schoben sich die Bilder übereinander.

Sein Entschluss stand fest. Er hatte den Ort seiner Zuflucht gefunden: Arezzo, und den Gegenstand seines Interesses: Piero della Francesca, den Maler seiner Schwester Andrea.

Mario de Filippis hatte nicht übertrieben.

Der Ponte a Buriano glänzte im Abendlicht.

Die tiefliegenden Bögen der im 9. Jahrhundert gebauten Steinbrücke spiegelten sich im Wasser und vollendeten goldene Kreise vor dunkelblauem Himmel.

Alto hatte sich in Arezzo eine Digitalkamera gekauft und machte die ersten Fotos. Seit mehr als sieben Jahren. Als junger Mann hatte er gerne fotografiert, seine Schwarz-Weiß-Bilder sogar selbst in der Dunkelkammer entwickelt und manchem Freund damit ein schönes Geschenk gemacht. Aber seine Ausrüstung lag unberührt in irgendeinem Umzugskarton auf dem Dachboden.

»Verfolgen Sie mich?«, hörte er plötzlich eine Stimme hinter sich sagen.

Alto Pahl drehte sich um.

Die Frau aus der *pieve* in Gropina.

Sie baute ihr Stativ mit der Plattenkamera auf.

Alto ging einen Schritt zur Seite.

»Wieso sollte ich Sie verfolgen?«, fragte er und löste sein kleines Digitalwunder aus.

»Es ist doch kein Zufall, dass Sie hier aufkreuzen.« Ohne ihn anzusehen, rief sie: »Meinen Sie, ich hätte Sie heute morgen nicht wahrgenommen? Wie Sie mir fast eine Stunde bei der Arbeit zugeschaut haben.«

»Hat es Sie gestört? Dann möchte ich mich entschuldigen.«

»So was stört immer!« Sie machte eine kleine Pause. »Gehen Sie aus dem Bild.«

Alto sah wieder diese Geste, die er schon am Morgen bewundert hatte. Bevor die Fotografin abdrückte, bildete sie mit Daumen und Zeigefingern einen Rahmen, durch den sie ihr Motiv betrachtete.

Wenigstens scheucht sie mich nicht weg, dachte er.

Er setzte sich auf eine Bank am Ufer des Arno. Noch einige Male wechselte sie die Position des Stativs.

Langsam wurde das Abendlicht schwächer.

»Sie haben diese Brücke übrigens schon mal gesehen.«, rief Alto ihr zu.

»Nein«, kam es zurück, »ich bin zum ersten Mal hier.«

»Das meine ich nicht.«

Die Frau stemmte die Hände in die Hüften. »Da kann ich sie auch nicht gesehen haben.«

»Doch, doch«, beharrte Alto.

»Nein, auf keinen Fall.«

»Ich bin mir da ganz sicher.«

»Das wüsste ich aber«, konterte die Fotografin.

»Haben Sie die Mona Lisa im Louvre mal genauer angeschaut?«, sagte Alto und betonte jedes Wort.

»Nicht nur ein Mal war ich da. Immer ein riesiges Gedrängel. Fürchterlich.«

Und dann erzählte Alto all das, was er über den Ponte a Buriano erfahren hatte.

Langsam kam die Fotografin näher an die Bank, auf die er sich gesetzt hatte. Sie ließ sogar ihr Stativ am Ufer des Flusses stehen, mitsamt der wertvollen Plattenkamera.

»Im Hintergrund der Mona Lisa, diese bläulich bizarre

Landschaft, fast ein wenig futuristisch, das könnten die ausgewaschenen Kalkfelsen hier in der Gegend sein, die da Vinci für die Darstellung verwendet hat«, beendete Alto seine Erklärungen.

»Und woher wissen Sie das alles?«, fragte die Fotografin. Alto juckte sich an der Nase.

Er nannte seine Quelle und lachte dabei. »Ich weiß es auch erst seit ein paar Stunden!«

Bis zum Sonnenuntergang sprachen sie miteinander. Dann trennten sich ihre Wege.

Castiglion Fibocchi

Hellena konnte die Tränen nicht zurückhalten. Der Traum war geplatzt. Sie wollte zwei Wochen mit Robert in seinem Ruhepol auftanken. Sich treiben lassen, ein paar zufällige Entdeckungen machen. Nicht jeden Tag fotografieren müssen. Und jetzt ...

Nach dem zweiten Aufeinandertreffen mit diesem Koch hatte sie sich eigenartig berührt gefühlt. *Lässt einfach seinen Job hinter sich, steigt aus, wie es kaum einer mal wagt, taucht ab, ohne anderen Bescheid zu sagen.* Sie bewunderte seinen Mut und seinen Drang, wieder Freiheit bei seiner Lebensgestaltung zu erlangen. *Wie oft habe ich die Zwänge in meinem Beruf verflucht: ständiger Termindruck, vielfältige Abhängigkeiten, anhaltender Reisestress. Ob ich diesen Alto je wiedersehe ...*

Die Geschwister standen auf dem mit hellem Kies bestreuten Weg und stritten lauthals. Robert versuchte sich zu verteidigen: Er könne Isabel nicht alleine ziehen lassen, leider müsse sie umgehend zurück: Die Frau, die sie in ihrem Kurs vertreten hatte, sei plötzlich krank geworden. »Immerhin sind das unsere Flitterwochen! Hatte ich mir auch anders vorgestellt.«

Hellena insistierte. »Wir wollten zwei Wochen zusammen sein, ich hatte mich so darauf gefreut, Robert!« Sie ließ ihrer Wut freien Lauf. »Erst führst du uns alle hinters Licht und dann machst du dich aus dem Staub.«

Sie standen vor dem *ufficio* der Fattoria und boten eine lautstarke Szene.

Robert hielt dagegen, George und seine Familie seien doch noch da, Hellena könne sich ihnen anschließen, sie habe hier eine wunderbare Bleibe, bezahlt für zwei Wochen.

»Bezahlen kann ich meine Unterkünfte immer noch selbst!«, rief Hellena und fügte leiser hinzu: »Du weißt ganz genau, warum ich dich in der Nähe brauche. Ich hätte vierzehn Tage Ruhe gehabt. Vierzehn Tage, du weißt, was das für mich bedeutet. Außerdem habe ich alle meine Pläne umgemodelt, um mit dir hier zu sein.«

Robert fragte, ob sie etwa eifersüchtig sei.

Das brachte Hellena noch mehr auf. »Du hältst dich einfach nicht an unsere Absprachen. Das ist es, was mich wütend macht. Wo ist Isabel überhaupt?«

Sie packe die Koffer, schließlich müsse sie schon morgen früh in Verscio wieder unterrichten.

Hellena wusste inzwischen, dass ihre argentinische Schwägerin eine Expertin im Feuerschlucken war – einer Kunst, die fast ausschließlich Männer ausübten. Sie hatte in Buenos Aires jahrelang auf der Straße gearbeitet, bis Dimitri sie für einige Kurse in seiner Schule engagierte. Ihre Kombination von Clownerie und Feuerzauber war eigenwillig und zudem durchaus einträglich.

»Wenn Trevor hier auftaucht ...«

Weiter kam Hellena nicht, weil ein Weinkrampf sie schüttelte. Schon die Erwähnung des Namens machte ihr Angst.

Robert nahm seine Schwester in den Arm. Hielt sie fest an sich gedrückt. Wartete eine Weile. Er sagte, er könne in zwei, drei Tagen wieder zurückkehren, aber er wolle Isabel so kurz nach der Hochzeit nicht alleine fahren lassen, das müsse sie doch verstehen.

»Wenn wenigstens unsere Eltern noch da wären ...« Auch diesen Satz vollendete Hellena nicht.

»Sollte der Mistkerl hier auftauchen, was ich eigentlich nicht glaube, rufst du an. Ich komme! Versprochen! Mach es mir doch bitte nicht so schwer, Hellena. Es ist auch für mich eine verdammte Zwickmühle. Ich weiß, was wir beide hier für eine schöne Zeit miteinander gehabt hätten, aber nun ist es anders gekommen. Tut mir wirklich leid. Und was diesen verrückten Engländer angeht ...«

Hellena schluchzte. Befreite sich heftig aus Roberts Umarmung. »Ja, alles ist anders gekommen! Du heiratest Hals über Kopf und ich darf dabei Zuschauerin sein. Wahrscheinlich haue ich auch von hier ab. Bleibt mir ja nichts anderes übrig.«

Robert sah, dass Gäste aus dem *ufficio* herauskamen. »Ich geh mal schnell zahlen! Dann reden wir weiter.«

»Wozu?«, rief Hellena ihm nach. »Du hast doch längst alles entschieden.« Und fügte an: »Gegen mich!«

Robert schüttelte den Kopf, verschwand im Büro der Fattoria, ohne sich noch einmal umzudrehen.

Als er wieder herauskam, schlug er Hellena vor, sie könnten gemeinsam ins *Centovalli* fahren. In dem Apartment, das Isabel in Ascona bewohne, sei für alle Platz genug.

»Sie wollen schon abreisen?«, fragte Bandino Lo Franco, der ebenfalls aus dem *ufficio* kam.

Robert erklärte seine missliche Situation und wie leid es ihm tue, nicht länger bleiben zu können.

Bandino wandte sich an Hellena: »Haben Sie heute Zeit?«

Sie hob die Schultern. »Wann?«

»Jetzt, zum Beispiel. Ich würde Ihnen gerne etwas zeigen.«

»Und was?«

»Wird nicht verraten. Es könnte Ihnen eine Inspiration geben.«

Eine halbe Stunde später saß Hellena neben Bandino Lo Franco im 4-wheel-drive, nachdem sie sich von Isabel und Robert verabschiedet hatte. »Ein Anruf genügt, Hellena. Versprochen!«

Die Fahrt ging bergauf über holprige Feldwege, manchmal schlugen Büsche gegen die Wagenfenster. Plötzlich bog Bandino auf einen steilen Weg ab, der kaum erkennbar war.

Mit einem Ruck hielt der Wagen an.

Was Hellena zu sehen bekam, war unspektakulär und aufregend zugleich. Ein steinernes Haus, durchwachsen von kleinen Bäumen und Sträuchern. Ein verwunschener Ort.

»*¡La selva come!*« Hellena erzählte Bandino, dass sie vor Jahren bei den Maya-Pyramiden im mexikanischen Palenque gesehen habe, wie sich der Urwald alle Flächen wieder zurückeroberte, die nicht ständig freigeschlagen wurden.

»Ich dachte, das könnte ein Motiv für Ihre Steinfotografie sein.«

»Durchaus«, stimmte Hellena zu. Brüchiger Stein von wildwachsender Natur überwuchert. Im frühen Morgen- oder späten Abendlicht würden das bestimmt spannungsgeladene Bilder werden. Sie hatte schon mal eine Serie mit Fotos begonnen, auf denen Steine und Bäume einander durchdrangen. Sie erinnerte sich an ein Hotel auf Cuba, in dem hohe Eukalyptusbäume durch die Eingangshalle und zwischen den Stockwerken in den Himmel ragten. Sie waren Teil der Architektur geworden.

Bei der Weiterfahrt erzählte Bandino, dass die Familie nach und nach weitere verlassene Häuser restaurieren wolle. Seine Eltern Piero und Giuliana hätten 1978 ein kleines Landhäuschen und den dazugehörigen Olivenhain gekauft, die *Cà dell'Oro*. Das Haus sei in verwahrlostem Zustand gewesen. »In den 60er Jahren gab es eine große Landflucht, weil viele Kleinbauern von ihren Erträgen nicht mehr leben konnten und in die Fabriken der großen Städte gingen. Jeder dieser Höfe hatte Olivenhaine und Weinberge. Da die Böden ohne chemischen Dünger und Schädlingsbekämpfungsmittel bearbeitet worden waren, konnten meine Eltern nach dem Zusammenfügen der Landhäuser *Cà dell'Oro* und *La Vialla* gleich mit dem biologischen Landbau anfangen.«

Sie erreichten *La Lignana*, ein mehrstöckiges Gebäude, in dem sich die Ölmühle der Fattoria befand.

»Sie müssen im November wieder herkommen«, sagte

Bandino, »allein der Geruch wird Sie betören. Wir feiern mit den Helfern bei der Olivenernte immer ein Fest, um für die Ernte zu danken und das frisch gepresste Öl zu probieren.«

Hellena betrachtete die beiden riesigen Mahlsteine, die kleine Kerben in der Lauffläche aufwiesen. Noch nie hatte sie solch tonnenschwere Steine fotografiert. Sie fügte ihre Finger zu einem Bildrahmen zusammen und schaute hindurch.

Bandino erklärte Hellena die einzelnen Phasen der Pressung. Dann öffnete er eine Flasche mit der dunkelgrünen Flüssigkeit und schüttete ein wenig Öl auf eine Scheibe Brot. Hellena durfte probieren. Ein fruchtiger, leicht herber Geschmack.

Als sie vor der Ölmühle standen, zeigte Bandino auf die andere Seite der ausgedehnten Grasfläche.

»*I cipressi innamorati!* Kommen Sie, Hellena.«

Sie hatte nicht verstanden, was Bandino gemeint hatte. Er war ein kenntnisreicher *cicerone*, die sie bei der Arbeit immer schätzte. Menschen, die ihr von den Geschichten hinter den Steinen, die sie auf die Platte bannte, erzählen konnten.

»Sehen Sie die beiden Zypressenstämme nebeneinander. Und nun schauen Sie mal nach oben.«

Sie standen vor einem Hang.

Ein Wunder der Natur! Die beiden Bäume schienen sich zu umarmen, ihre Kronen zu einer gemeinsamen Spitze vereint.

»Seit fast zwei Jahrhunderten sind diese beiden Zypressen zusammen gewachsen. Als hätten sie sich entschlossen, eine lebenslange Ehe miteinander einzugehen.«

Hellena zog ihre handliche Digitale aus der Hosentasche und machte einige Fotos.

Die beiden verliebten Zypressen waren nur hochkant und aus einiger Entfernung aufs Bild zu bekommen.

Wieder musste sie an Robert denken, der sie so schmählich im Stich gelassen hatte. Nun schien ihre Enttäuschung beinahe vergessen.

Bandino zwinkerte Hellena zu: »Ich dachte, Sie fotografieren ausschließlich Steine!«

Er sitzt in der zweiten Reihe. Im hohen Dom von Arezzo. Die Orgel braust durch das Kirchenschiff. Neben ihm auf der harten Holzbank seine Mutter, daneben der Vater und die beiden Taufpaten.

Andrea kniet in der ersten Reihe. Als sie schon vor dem großen Tag heimlich das Kommunionkleidchen angezogen hat, wäre sie beinahe vor Angst gestorben.

Er schaut nach links. Zu dem Wandbild. Die wunderschöne Frau mit den feinen, langen Haaren. Was hält sie in der Hand?

»Den Blick geradeaus!«, mahnt sein Vater und hebt bedrohlich die Hand zum Schlag.

Nur kurz sieht er nach vorne.

Dann muss er wieder diese Frau anschauen. Ihr mildes Lächeln, die sanften Züge, diese tiefe Geborgenheit, die sie ausstrahlt.

Der Priester kommt mit dem Oblatenteller und verteilt unter lateinischen Gesängen die Hostie an die Kommunionkinder.

»Du sollst nicht zu dieser Sünderin schauen, Albert Thomas«, sagt seine Mutter.

Die Ohrfeige trifft ihn an der rechten Wange. Er spürt sie nicht.

Als Andrea die Oblate empfängt, steht sie plötzlich in Flammen.

Und verbrennt. Während sie langsam nach oben entschwebt.

Alto schreckte hoch. Das karge Zimmer des Klosters erlaubte ihm eine schnelle Orientierung. *La Verna, ich bin in La Verna!* Nicht zum ersten Mal träumte er einen Tod seiner Schwester. In den letzten Wochen fast jede zweite Nacht. Mal als Fenstersturz beim Spielen in einem Hochhaus, mal wird sie von einem Fluss fortgerissen, mal von einem Querschläger getroffen. Niemals als Autounfall, wie er ihr geschehen ist. Als hätten seine Traumbilder diese Tür vor ihm verriegelt.

Alto versuchte mit geschlossenen Augen sich an die Kommunion seiner Schwester zu erinnern, aber er bekam kein Bild davon zu fassen. Der schwarze Anzug, den er an diesem Tag tragen musste, saß viel zu weit. Was ihm den Spott der anderen Kinder eintrug. Mehr wusste er nicht mehr.

Andrea. Je länger er an sie dachte ...

Sie waren sehr innig miteinander aufgewachsen. Sie

konnten heftig streiten, sich aber gut wieder versöhnen. Andrea hatte ihn oftmals beschützt, wenn Mitschüler ihn hänselten.

Und dann war sie ausgelöscht worden. Einfach so.

Er hatte ihr zum 18. Geburtstag ein Überraschungsmenü geschenkt. Tagelang kochte er für ihr Fest. Wie stolz sie damals auf ihn war.

Der Sekundentod seines Freundes von der *Stuttgarter Zeitung* hatte alles wieder aufgewirbelt, hatte ihn neuerlich auf seine Albträume zurückgeworfen.

Andrea, wie hätte sie in meiner Lage reagiert? Wenn ich sie doch nur einmal fragen könnte, nur ein einziges Mal ...

Alto saß jetzt aufrecht im Bett.

Du bist weggelaufen, wie ein kleiner Junge.

Was sollte diese überstürzte Abreise? *Du hast dich benommen wie ein blöder Kerle,* wie man im Schwabenland sagte. *Als könnte die rasante Abfahrt irgendeines von deinen Problemen lösen.*

Den Kopf in den Sand gesteckt. Ich bin dann mal weg, so ein Blödsinn! Jeder nimmt sich immer mit, wo immer er sich zu verstecken sucht. Auch du, Alto!

Er kramte nach seinem Handy. Fand es im Waschbeutel. Schaltete es ein.

Netzsuche. Netzsuche. Es wird ein Netz gesucht.

Kaum erschien die Schrift auf dem Display, klingelte es. Die Anfangstakte von *A hard days night*.

Max.

Sofort drückte Alto die rote Taste.

Nicht Max! Den wollte er auf keinen Fall sprechen.

Dann las er die eingegangenen SMS, dreizehn an der Zahl. Anruf verpasst. Die meisten SMS stammten von Karla, seiner Geschäftsführerin. Wie verzweifelt sie beim letzten Anruf geklungen hatte. Auch wenn er ihr und den anderen Mitarbeitern die Fortzahlung der Gehälter garantiert hatte.

Karla wollte noch immer herausfinden, wohin er gefahren war. Er solle sich melden, melde dich bitte umgehend ... wir müssen miteinander reden ... wo kann ich dich erreichen ...

Alto stand auf und stellte sich ans Fenster, schaute auf die Klostergebäude, die einen großen, gepflasterten Platz einrahmten.

Die Glocken läuteten zum Frühgebet.

Es war eine Schnapsidee, alles einfach zurückzulassen. *Ich hätte wenigstens Karla einweihen können. Sie macht sich gewiss Sorgen.*

Wieder nahm er das Handy auf. Die letzte SMS von ihr lautete: »Ganz wichtig. Schau bitte in deine Email. M macht Druck. Du musst reagieren, Alto. Sonst gibt's Chaos.«

Die Glocken verklangen. Es dauerte eine ganze Weile, bis Alto sich wieder fassen konnte.

Ich fahre nicht zurück, dachte er. *Ich bin jetzt weg. Ich will jetzt weg sein. Ich will ...*

Er würde Karla den Gefallen tun und in seine Emails schauen. Aber er ließ sich nicht umstimmen.

Das Restaurant bleibt vorerst geschlossen. Verdammt, ich bin der Besitzer. Ich lass mich nicht durchs Dorf treiben.

Auch nicht von Max.

Er dachte an diese Fotografin. *Was für ein schöner Name. Hellena.* Er musste sich unbedingt mal ein Buch von ihr besorgen. Vielleicht gab es die ja auch in Italien. Sie hatte ihren Beruf gefunden, arbeitete im eigenen Lebensrhythmus, war nicht abhängig von pingeligen Gästen, überheblichen Gastrokritikern, säumigen Lieferanten, wichtigtuerischen Gesundheitsbeamten, unverschämten Banken und Versicherungen ...

Ich muss hier wieder weg, dachte Alto. *Der Platz war für die ersten Tage genau richtig, aber nun ...*

Er wollte nach Arezzo umziehen. In die Nähe des Doms mit dem Bild seiner Schwester Andrea. *Wie hieß der Maler noch?* Er hatte den Namen vergessen.

Der Abt des Klosters La Verna, dem er seinen Kurzhaarschnitt verdankte, erlaubte ihm – ausnahmsweise – in die Emails zu schauen.

»Wir dürfen das eigentlich nicht. In Italien gibt es strenge Gesetze. Selbst in einem Café müssen Sie ein Dokument vorweisen, wenn Sie das Internet benutzen wollen. Aber ich weiß ja, mit wem ich es zu tun habe.«

Alto fragte nach dem Namen des Malers in Arezzo.

Piero della Francesca, bekam er zu hören. Ein sehr umtriebiger und auch getriebener Mensch sei er gewesen. Sein Geburtsort sei Sansepolcro, gar nicht weit von hier. Dort könne er weitere Bilder von ihm sehen. »Auf jeden

Fall müssen Sie die schwangere Madonna in Monterchi anschauen, ein Fresko, mit dem meine Kirche Jahrhunderte lang Schwierigkeiten hatte.«

Als Alto seinen *account* geöffnet hatte, hätte er am liebsten gleich auf Abmelden geklickt.

133 Emails.

Mindestens zwanzig davon stammten von Max.

Willst du das wirklich lesen, dachte er. Voller Widerwillen. Dann öffnete er eine Email.

»Du musst mir helfen, Alto. Ein letztes Mal. Ich weiß nicht mehr weiter. Sie sind mir auf den Fersen. Lange werde ich nicht mehr standhalten können. Max. P.S. Warum gehst du nicht an dein Handy? Karla sagt, du bist irgendwo im Süden. Während ich hier vor die Hunde gehe .... Alto, das kannst du nicht zulassen! Melde dich. Sofort!!!«

Nein, ich helfe dir nicht, dachte Alto. *Nicht schon wieder. Immer soll es das letzte Mal sein. Max. Max, der seine Schulden nicht in den Griff bekommt und mich dafür bluten lässt.*

Ohne sich abzumelden schaltete Alto den Computer aus. Er wollte gar nicht wissen, was seine Feinde ihm mitzuteilen hatten, wenn ein alter Freund ihn schon derartig unter Druck setzte.

Der Abt sagte zum Abschied, er könne gerne zurückkommen, wenn er mal wieder einen Zufluchtsort suche, und dann fügte er hinzu: »Ich schließe Sie in meine Gebete ein.«

Trevor

Hätte nicht gedacht, dass meine Tarnung so perfekt ist. Ein lässiges, hellgraues Jackett von Versace, zweifarbige Lederschuhe, schwarze Hosen mit scharfer Bügelfalte, ein grellfarbener Schlips, wie ich ihn niemals getragen hätte und ein dunkelblaues Hütchen, das Marcello Mastroianni alle Ehre gemacht hätte.

Ein Strizzi in Vollendung. Für so jemand hat sie niemals auch nur einen halben Blick verschwendet. Das waren die Typen, über die sie sich gerne lustig gemacht hat.

Da stehe ich nicht mal zehn Meter von ihr entfernt und sie ist völlig ahnungslos.

Meine naive Beatrice!

Ich hätte einen erfolgreichen Spitzel abgegeben. A perfect spy, *wie John le Carré ihn so treffend beschrieben hat.*

Tag für Tag genieße ich diese Observationen. Kein Wunder, dass Männer durchaus lustvoll beim Geheimdienst arbeiten, wenn sie unbemerkt anderen zuschauen oder zuhören können, in deren intimste Sphären eindringen und sie aus großer Nähe beobachten dürfen. Und dafür auch noch bezahlt werden.

Mein sardischer Großvater hat immer gesagt: Wenn du deinem Nachbarn einen Streich spielen willst, darfst du nicht ins Stolpern geraten.

Beatrice stand in San Giovanni Valdarno vor dem Palazzo Comunale und fotografierte. Versunken in ihre Arbeit, ohne etwas von ihrer Umwelt wahrzunehmen, besessen von der Idee, ein einzigartiges Bild auf die Platte zu bannen.

Was für eine vollkommene Hingabe! Bald wird Beatrice sich mir wieder hingeben.

Sie fotografierte Steine: Säulen, Wappen der adligen Familien an den Wänden der Loggia, steinerne und stumme Zeugen. So stumm wie ich mich verhalte, wenn ich ihre Nähe suche.

Ich versteckte mich unter den Arkaden, suchte Deckung zwischen den Torbögen. Über Stunden. Ein erregendes Gefühl, wenn man Beatrice ganz für sich hat .

Dieser Palazzo Pretorio mit seiner umlaufenden Loggia und dem hoch aufragenden Wehrturm – wie geschaffen für meine kleine Beatrice. Da hatte sie stundenlang zu tun, bis sie alles ins rechte Licht gesetzt hat.

Einmal schaute sie sich um, als sie für ihre Plattenkamera einen neuen Standort suchte. Ich musste einen schnellen Schritt zur Seite machen. Aber dann hatte ich sie wieder für mich.

Jeden zweiten Tag tausche ich den Wagen aus, so kann ich ihr unbemerkt folgen und heimlich an ihrem Leben teilnehmen.

Beatrice geht nicht an ihr Handy. Hab mir ein paar italienische SIM-Karten angeschafft. Die gibt es hier an jeder Ecke für billiges Geld. Als die Handys aufkamen und noch ziemlich teuer waren, da gab es für dreitausend Lire ein Plastikteil zu kaufen, das wie ein Handy aussah. Wurde massenhaft in Italien gekauft. So konnte man im offenen Sportwagen durch die Gegend brausen und so tun ... auch eine Art Tarnung. Die Idee hätte von mir sein können.

Nun wohnt sie also auf dieser Fattoria. Ganz einfach, sich mittags unter die Gäste zu mischen und abzuwarten, bis Beatrice auftaucht.

Und dann beginne ich mein Spiel.

Ein Gefühl der Überlegenheit durchströmt mich!

Beatrice glaubt, da fährt ein italienischer Strizzi hinter ihr her, dem sie keine Beachtung zu schenken braucht.

Der Streit auf der Fattoria war unüberhörbar. Den Typen kannte ich nicht, schien aber auf dem Abflug zu sein. Also keine Gefahr im Verzuge.

Ich hab mir eine merenda *bestellt und zugehört, wie die beiden sich anbrüllten.*

Und plötzlich fällt mein Name.

Denkt sie also doch noch an mich. Großartig. Erfolg. Jubel. Sie erinnert meinen Namen.

Das steigert die Erregung. Wie ein gespannter Bogen, bevor er den letzten Pfeil abschießt.

Als sie dann zu einem jungen Italiener in den Landrover gestiegen ist, wollte ich mich erst an ihre Fersen heften, aber das wäre vielleicht zu gefährlich gewesen.

Ich hab im Büro nachgefragt, wer dieser Mann war, mit dem sich Beatrice so gestritten hat – da hab ich natürlich ihren richtigen Namen gesagt – aber die haben nichts rausgelassen. Datenschutz! So ein Blödsinn! Als würde ein ausgebuffter Spezialist wie ich das nicht auf andere Weise herausbekommen können.

Wenn die vom Büro ihr jetzt mitteilen, dass sich jemand nach diesem Streithammel erkundigt hat, umso besser. Ob sie auf die Idee kommt, dass ich dahinter stecken könnte?

Ich werde sie dabei beobachten. Mein Puls rast bei diesen glühenden Gedanken.

Mein sardischer Großvater sagte: Um einen wilden Eber zu

erlegen, musst du ihm zwischen die Augen zielen.

Ich habe Beatrices Abwesenheit genutzt, um mich in ihrem Apartment umzuschauen. Mein kleiner Schlüsselsatz tut immer noch gute Dienste, genauso wie die dünnen Seidenhandschuhe, die man für so eine verdeckte Operation braucht.

Für eine Reportage habe ich in Australien einen ausgedienten hochrangigen Mitarbeiter des MI 6 kennen gelernt. Und der sagte mir: Unsere Zielpersonen haben keinerlei Geheimnisse mehr vor uns, wir könnten jeden Gedankengang unserer Objekte vorhersagen.

Ihr Apartment wie immer völlig aufgeräumt.

Beatrice liebt die überschaubare Ordnung. Niemals würde sie einen Slip liegen lassen. Nicht mal im Bad.

Aber ich weiß, wo ich ihn finden kann.

Dazu kenne ich mich in ihren Gewohnheiten zu gut aus.

In ihrem Bett habe ich mich ein wenig entspannt. Seit Jahren benutzt sie das gleiche Parfüm. Acqua di Parma.

Ich konnte mein Glück nicht fassen.

Meine Beatrice!

Ich wollte ein kleines Zeichen hinterlassen, aber dafür ist es noch zu früh.

Anghiari

Das Navi zeigte 43 Minuten Fahrtzeit und gab die Strecke über Arezzo an.

Sie lachte das Gerät aus: »Das schaffe ich schneller.«

George, der noch reichlich verschlafen war, erwiderte, er wolle gerne lebend ankommen.

Hellena hatte sich eine Nebenstrecke nach Anghiari eingeprägt, von Castiglion Fibocchi über Quarata, Ponte alla Chiassa, Chiaveretto und Tavernelle.

Nur das Navi war nicht davon zu überzeugen.

»Halt die Klappe!« Hellena schaltete den Ton leiser. Irgendwann würde das Gerät sich schon fügen.

Der Alfa Romeo freute sich, mal wieder einen heißen Reifen hinlegen zu dürfen. Und um diese Uhrzeit war so gut wie kein Verkehr auf der Straße.

5 Uhr 14.

Hellena hatte ziemlichen Lärm vor dem Ferienhaus von George veranstalten müssen, damit der *art director* in die Hufe kam. Immerhin war es seine Idee gewesen, diesem seltsamen Brauch in Anghiari beizuwohnen. Robert sollte ja sogar eine große Reportage für *Travellers World* darüber schreiben.

»Hast du deine Kamera dabei?«, knurrte George.

»Ich hab zwar meine Digitale eingesteckt, aber die Fotos mache ich nur für dich, mein Lieber. Damit das klar ist.«

»Abwarten!«, sagte George und verfiel wieder in einen leichten Dämmerschlaf. *Wenigstens schnarcht er nicht.*

Um sechs Uhr mussten sie vor Ort sein. Dann sollte das Spektakel beginnen. Hellena wusste nur, dass die Teilnehmer aus dem Städtchen pünktlich erscheinen mussten, sonst wurden sie bestraft.

Hätte auch ein deutscher Brauch sein können, wo Pünktlichkeit immer noch für die Höflichkeit der Kaiser gehalten wird.

5 Uhr 28. Sie unterquerten die SS 71, die Arezzo mit Bibbiena verband. Das Navi spielte verrückt. Bei der nächsten Möglichkeit wenden, *subito torna indietro,* das klang auf Italienisch auch nicht freundlicher.

Hellena sah auf die Armaturen. Die Nadel des Benzinanzeigers taumelte bedenklich im gelbem Bereich. *Hauptsache, wir kommen hin. Sind in Italien die Tankstellen um diese Uhrzeit überhaupt schon offen?*

George hatte sie angestachelt zu diesem frühen Trip. Ein Freund aus den USA hatte ihm von der Geschichte in Anghiari erzählt. Und da dieser seltsame Brauch nur alle fünf Jahre stattfand und George gerade in der Nähe war ...

Rechts ran, ganz knapp, wow, das hätte ins Auge gehen können. *Muss dieser Affe in seinem Lastwagen die Kurve so schneiden?*

Hellena atmete durch, bevor sie wieder beschleunigte.

»Sind wir schon da?« George fuhr erschreckt in seinem Sitz nach vorne.

»Wir schaffen es!«, erwiderte Hellena.

»Ich bleib dann besser mal wach!« George berührte Hellena am Arm, um sie aufzufordern langsamer zu fahren. »Wenn wir ein paar Minütchen zu spät kommen, wird uns schon keiner den Kopf abreißen.«

»Ich komme nie zu spät«, sagte Hellena. Ihr fiel eine Geschichte aus La Habana ein. »Ich war mal bei einem kubanischen Kollegen eingeladen. Alberto Costa, den wirst du kennen, der hat dieses wahnsinnige Foto von Che gemacht, das mit der Zigarre, das millionenfach gedruckt wurde. 14 Uhr sollte ich da sein, zum Mittagessen. Ich war auf die Minute pünktlich. Mit einer Flasche Rum in der Hand. Hab geklingelt, einmal, zweimal, nichts. Ich wollte gerade gehen, da öffnet sich die Wohnungstür und eine verschlafene Frau im halb offenen Bademantel kommt heraus und fragt, was ich wolle. Ich dachte schon, ich hätte an der falschen Tür geklingelt, aber dann stellte sich heraus, dass es die Tochter von Costa war. Punkt 14 Uhr hatte niemand mit mir gerechnet. Ihr Vater sei gerade aufgestanden und ihre Mutter stehe noch unter der Dusche. Man fange aber bald mit dem Kochen an. *Hora cubana*, das heißt, man kommt mindestens zwei Stunden später als die vereinbarte Uhrzeit.«

»In Peru ist es nur eine Stunde«, ergänzte George, der eine Zeitlang in Lima gelebt hatte.

5 Uhr 36. Hinter Chiaveretto begannen die Serpentinen. Das Navi spielte nun mit. Was blieb ihm auch anderes übrig, wenn die Fahrerin so borniert an ihrer selbst gewählten Route festhielt.

»Ist eigentlich schade, dass du nicht mehr mit Trevor

arbeitest. Ihr habt so tolle Fotobände zusammen gemacht. Gibt es eigentlich einen plausiblen Grund dafür, dass ihr euch getrennt habt? Ich meine, ihr wart doch wirklich ...«

»Ich muss mich auf die Straße konzentrieren, George«, unterbrach ihn Hellena. Ziemlich barsch.

»O.k.!, o.k.! Hab schon verstanden.«

5 Uhr 45. Noch zwei Kilometer bis Tavernelle. Es wurde knapp.

Georges amerikanischer Freund hatte gesagt, in Anghiari seien die Leute total *crazy*, wenn es um diese *Scampanata* gehe. Da würden sich zu früher Stunde Hunderte versammeln. Nur um zuzusehen, wie der, der zu spät kam, mit Eiern, Tomaten und manch anderem beworfen wird.

Eine Minute vor sechs erreichten sie die Piazza Baldaccio am Corso Giacomo Matteotti.

Hellena parkte den Alfa in der zweiten Reihe. *Hauptsache, wir verpassen nichts.*

Es waren zwar nicht Hunderte, die sich versammelt hatten, aber sechzig, siebzig Männer standen auf dem Platz unter dem Denkmal von Dante. Viele eingemummelt in dicke Jacken, mit Wollmützen auf dem Kopf. Andere trugen gelbe T-Shirts mit der Aufschrift *La Scampanata 2010*. Im sonnigen Mai war es um diese Uhrzeit ziemlich kalt. 8 Grad zeigte das Thermometer an der *farmacia*.

George wies auf einen Mann, der Kleister in einem Topf anrührte. Ein anderer wühlte mit beiden Händen in einer Mehlpampe. Dort probierte jemand seine Gartenspritze aus, die Flüssigkeit, die herausschoss, war sicher kein frisches Wasser. An einer Angel baumelte ein alter, schrumpeliger Hering.

Hellena sah George an, dass er sichtlich Vergnügen an diesem Treiben hatte. »Mach mir ein paar Fotos«, bat er.

Sie hätte lieber einfach nur zugesehen, was um sie herum geschah - fotografieren bedeutete immer eine Distanz zu den Objekten vor der Linse, aber sie tat George den Gefallen.

Hellena fotografierte Männer, die rote und grüne Fahnen mit der Aufschrift *La Scampanata* schwenkten; andere, die sich in eine Liste eintragen ließen, hinter ihrem Namen wurde ein Haken gemacht; einen Mann, der hektisch mit seinem Handy telefonierte; ein untersetzter Glatzkopf, der ein Mikrofon samt tragbarem Lautsprecher in Stellung brachte.

Sogar eine kleine Musikkapelle gab es. Zwei der Musiker hielten Trompeten unterm Arm, damit sie sich nicht erkälteten. Ein Mann trug eine Trommel auf seinen Rücken geschnallt.

George ergötzte sich an den Zutaten für die kommende Schlacht: alte Äpfel, verfaulte Zwiebeln, Schokoladensoße, rosafarbenes Wasser, Essig und Olivenöl, Bananenschalen.

Das konnte ja heiter werden.

Der Karren, auf dem der zu Bestrafende sitzen sollte, stand bereit. Noch ganz sauber. Über zwei Eisenrädern war eine Sitzfläche angebracht, für einen, vielleicht zwei Personen, das ganze Gestänge war mit Ginster dekoriert. Der Holzsitz zeigte deutliche Schmutzspuren.

Plötzlich hob einer der Männer die grüne Fahne und der Glatzkopf gab über den knarrenden Lautsprecher etwas bekannt.

Weder Hellena noch George verstanden, was der Mikromann gerade gesagt hatte.

Was war geschehen?

Musste sich jetzt jemand in diesen Karren setzen, um mit dem Abfall der letzten Woche beworfen zu werden?

Die meisten Männer verließen rasch den Platz.

Nur wenige blieben stehen, diskutierten und rauchten. Manche schlugen die Arme gegeneinander, um nicht zu frieren.

George sah zu Hellena hinüber, die einen Lachanfall bekam.

»Tolles Schauspiel, George!«, rief sie. »Männer mit Mehlpampe und faulen Tomaten treffen sich pünktlich um sechs Uhr morgens und ziehen dann nach einer Viertelstunde unverrichteter Dinge ab! Wie heißt dieser großartige Spaß noch?«

George war gar nicht nach Lachen zumute.

Was war geschehen?

Warum ging es nicht endlich los?

Wieder erzählte er von seinem amerikanischen Freund. Der hatte sich vor fünf Jahren selbst in den Karren gesetzt und sich bewerfen lassen, nachdem niemand zu spät gekommen war. »*That's true, Hellena. Really, that's true. I can trust this guy.*«

Wahrscheinlich einer von diesen Schreiberlingen, die

ihre Geschichten erfinden, dachte sie. Niemand überprüft sie und so werden sie im Laufe der Jahre immer weiter ausgeschmückt.

»Wenn du deinem Freund nacheifern willst, bitte sehr!«, Hellena zeigte auf den leeren Karren.

Ein Mann war zu ihnen getreten. Seine rundliche Gestalt ließ auf einen Liebhaber von Mammas Pastagerichten schließen. »Sind Sie extra heute früh hierher gekommen?« Sein Englisch ähnelte dem von Chico aus den Marx-Brothers-Filmen.

Hellena steckte die Kamera ein.

Bei mehreren Tässchen Kaffee in der bereits geöffneten Bar erfuhren die beiden von Gino Dente, dass an diesem Morgen alle pünktlich gewesen waren. »Deswegen hat sich auch keiner in den *carretto* setzen müssen.« Das komme zwar nicht oft vor, aber heute nun ... leider ... Gino Dente lächelte: »Heute hatten wir keinen *pentito*. Keinen Zuspätkommer, der bestraft werden musste.«

Gino erklärte, was es mit diesem Brauch auf sich hat. »Bürger von Anghiari schreiben sich in eine Liste ein und verpflichten sich, jeden Morgen pünktlich um sechs auf der Piazza Baldaccio zu erscheinen. Immer donnerstags, samstags und sonntags im Monat Mai. Früher versammelten sich um sechs Uhr morgens auf diesem Platz die Männer, die Arbeit suchten. Wer da zu spät kam, hatte ja auch das Nachsehen. Daher kommt diese Tradition. Nun ist daraus ein großer Ulk geworden. Wie gesagt, man muss ganz pünktlich sein. Denn wer auch nur eine Minute zu spät kommt, wird auf den *carretto* gesetzt und durchs Städtchen gefahren. Er darf mit allen möglichen *rifiuti* beworfen werden.«

Gino Dente bot ihnen eine kleine Stadtführung an. »Damit Sie nicht ganz umsonst gekommen sind.«

Bei ihrem Bummel entdeckten sie ein Plakat der *Scampanata* 2005, auf dem ein Zuspätkommer zu sehen war. Mit Mehl überschüttet und Schokopudding verziert, vielfarbig bekleckert und von den begleitenden Männern verlacht.

Alto suchte vor den Toren des Städtchens Sansepolcro nach einer Telefonzelle. Er wollte sein Handy nicht wieder anschalten. Keine Lust, in der Flut der SMS unterzugehen.

»Karla, ich bin's.«

»Gut, dass du dich meldest.« Die Stimme seiner Geschäftsführerin klang aufgekratzt. »Du kannst dir nicht vorstellen, was hier los ist. Von allen Seiten werde ich bedrängt. Plötzlich will jeder mit dir sprechen. Anrufe über Anrufe, Stammgäste beschweren sich über deine Abwesenheit. Es waren sogar schon zwei Typen von der Zeitung da.«

Alto hätte am liebsten sofort eingehängt. Sein Hals wurde eng.

»Karla, hör zu ...«

Sie unterbrach ihn: »Alto, du musst zurückkommen! Auf dem schnellsten Wege. Ich weiß nicht ...«

»Karla, ich hab eine Bitte.«

»Ist das die Nummer, unter der ich dich erreichen kann? Ich ruf dich gleich zurück.«

»Karla, nein!« Alto schrie: »Jetzt hör doch mal zu! Zahl bitte Max das Geld – ich will ihn nicht hängen lassen.«

»Alto, dann hört das nie auf. Max wird dich ruinieren, der zieht dich und unseren ganzen Laden in den Abgrund.«

So schlimm wird es schon nicht werden, dachte Alto. Aber er sagte: »Bitte zahl ihm auf dem üblichen Weg das Geld und dann ist Sense!«

Karlas Stimme schrill: »Das nächste Mal will er das Doppelte, Alto. Das weißt du ganz genau. Max ist ...«

Alto hängte ein. *Genug*. Genug der Probleme, die er hinter sich zu lassen versuchte. Wenn allerdings die Freunde von Max ins Spiel kämen, würde es brenzlig werden, dessen war er sich gewiss.

Er war nach Sansepolcro gefahren, den Geburtsort von Piero della Francesca, wie ihm der Abt geraten hatte. Der Name der Stadt, die von den Einheimischen nur »Borgo« genannt wird, bedeutet »Heiliges Grab«. Kreuzfahrer hatten vor mehr als tausend Jahren Reliquien vom Grab Christi mitgebracht und dafür eine Gebetsstätte bauen lassen.

Um die Mittagszeit war die Stadt wie ausgestorben. Die Rollläden sausten mit lautem Knall herunter und signalisierten, dass nun die Zeit des ausgiebigen Essens und des *sonnelino*, des anschließenden Mittagsschläfchens, gekommen war. Alto hatte sein Motorrad vor der Porta Fiorentina abgestellt und sich auf einen Bummel durch die engen Gassen begeben. Die meisten standen im rechten Winkel zueinander. *Via del Buon Umore* - Gute Laune Straße. *Durch diese Gasse sollte ich jeden Tag gehen*, dachte er. *Mindestens einmal.*

Das Telefongespräch mit Karla hatte ihn angestrengt, auch wenn er seine Entscheidung, Max noch einmal Geld zu geben, nicht bedauerte. Niemals hätte er gedacht, dass seine Abwesenheit so einen Wirbel auslösen würde. *Vielleicht übertreibt Karla aber auch ...*

Die Statue von Piero della Francesca im kleinen Park gegenüber seines Stadtpalastes zeigte einen selbstbewussten Mann, der mit Pinsel und Palette seiner Gegenwart die Stirn bietet und sich den Herausforderungen der Kunst und des Lebens zu stellen weiß. Im 15. Jahrhundert hatte er Sansepolcro als »Kaff voller Schlamm und Lehm« bezeichnet. Und dennoch war er immer wieder hierher gekommen, selbst als er schon in Arezzo, Ferrara und Rom ein gefeierter Maler war.

Zu gerne hätte Alto die vom Abt empfohlenen Fresken des Malers im Museo Civico angeschaut, aber ... Mittagspause. Er ließ sich durch die menschenleeren Gassen treiben. Überall gab es etwas zu entdecken. Die kleine Kapelle San Antonio mit ihren Steinbüsten, einen Brunnengott, der Wasser spie, eine Bronzestatue, die eine Spitzenklöpplerin mit ihrer Schülerin darstellte.

Als Alto kurz nach 14 Uhr wieder am Museo Civico vorbeikam, stellte er fest, dass durch eine offene Holztür ein Wandbild zu erspähen war. Christus, das Kreuzesbanner in der rechten Hand, entsteigt seinem Grab. Zu seinen Füßen schlafen vier Wächter. Der Auferstehende blickt frontal aus dem Bild. War dies eins der Gemälde von Piero della Francesca? Alto musste sich noch eine halbe Stunde gedulden, bis das Museum wieder öffnete.

In einer Bar an der Piazza Torre di Berta bestellte er ein *tramezzino con prosciutto crudo* und trank ein Glas Wasser dazu. Während auf den Straßen kaum jemand zu sehen war, war es hier brechend voll. Alle Tische besetzt, zwei- und dreireihig standen die Kunden vor dem Tresen und diskutierten lautstark miteinander. *Wie schade, dass mein Italienisch nicht ausreicht, um sie zu belauschen.*

Als er bezahlt hatte, wurde er mit einem deutlich vernehmbaren »Bis morgen!« verabschiedet. Alto drehte sich zu dem *barista* um. Der hob die Schultern, sagte aber kein weiteres Wort.

An der Museumskasse kaufte er sich mit der Eintrittskarte eine Broschüre über den Maler seiner Schwester. Darin fand er neben Biographischem auch all die Bilder beschrieben, die in der Region zu sehen waren.

Er hatte sich nicht getäuscht, als er von außen ins Museum geschaut hatte. *Die Auferstehung Christi* war ein Bild Pieros, gemalt als Symbol für die wiedergewonnene Eigenständigkeit der Stadt von florentinischer Herrschaft.

Ein selbstbewusster Christus tritt mit entschlossenem Schritt aus dem Grab, er hat sein rosa Gewand gerafft und schaut den Betrachter mit festem Blick an. Seht her, ich bin gekommen, euch zu erlösen.

Seine Augen verfolgen den Beobachter, ganz gleich, von welcher Perspektive man auf sein Gesicht schaut.

Alto betrachtete die hügelige Landschaft hinter dem leuchtenden Christus. Auf der linken Seite waren die

Bäume kahl, auf der rechten Seite belaubt. Ein weiterer Gegensatz war auszumachen: vor dem Sarkophag lagern schlafende Wachsoldaten, während Christus zu neuem Leben erwacht. Wie die Morgendämmerung im Bildhintergrund den neuen Tag ankündigt. Piero della Francesca wollte auf diese Weise Übergänge symbolisieren: vom Winter zum Frühling, vom Schlaf zum Erwachen, vom Tod zum Leben.

Alto sah sich auch die anderen ausgestellten Gemälde des Malers an. Das große Polyptychon der *Barmherzigen Mutter Maria*, die Heiligen *San Giuliano* und *San Ludovico*. Doch immer wieder zog es ihn zum wiederauferstandenen Christus.

Alto ließ seinen Blick auf sich ruhen.

Hielt seinem Blick stand.

Als Alto zwei Stunden später Sansepolcro verließ, wurden die ersten Rollläden wieder geöffnet. Erst jetzt stellte er fest, dass er bei seinem Rundgang nicht ein einziges Foto gemacht hatte.

Er kehrte um und fotografierte die Statue von Piero della Francesca von verschiedenen Seiten. Dessen forsches Auftreten und seine kompromisslose Haltung musste er festhalten.

Le Balse

Von der Decke hingen gelbe Maiskolben und rote Zwiebeln, geschnürte Salami und getrockneter Salbei, Weizengarben und Knoblauchzöpfe.

Alto sog die Gerüche des kleinen Hofladens ein. *Wie lange habe ich schon nicht mehr gekocht,* dachte er. *Viel zu lange.*

Vor ihm war ein Ehepaar an der Reihe. Das gerollte R verriet ihre Herkunft aus dem Frankenland. Ihre Einkaufsliste schien länger zu sein als die Heimreise.

Mehrere Kisten Wein und Prosecco, die runden Schafskäse im halben Dutzend, Pesto, Soßen und Nudeln: Tagliatelle, Linguine, Fusilli, Pappardelle, Pici ... Vor der Tür hatten sie eine kleine Schubkarre stehen, um ihre Einkäufe zum Auto zu bringen.

»Bitte haben Sie etwas Geduld«, sagte die Verkäuferin im schwarzen T-Shirt und weißer Schürze mit dem Emblem der Fattoria. »Meine Kollegin kommt sofort.« Petra hieß sie, das konnte er auf ihrer Schürze lesen.

Alto winkte ab: »Ich habe Zeit und schaue mich gerne in Ruhe um.«

Die Frau aus Franken wandte sich erklärend an ihn. »Bevor wir unser Ferienhaus beziehen, kaufen wir hier immer ein. Und vor der Rückreise nochmals.«

Im Nebenraum des kleinen Hofladens sah Alto die verschiedenen Weine, teilweise in Magnumflaschen, sogar eine im Nebukadnezar-Format war dabei. Was für schöne Namen: Torbolino, rosaRosa, Casa Conforto. Neben dem großen Schinken in einer hölzernen Klemme lag eine bereits angeschnittene Mandeltorte, von der Alto sich gerne ein Stück stibitzt hätte.

In alten Glasgefäßen *Olio* und *Aceto*. Auf den Tischen frisch gebackenes Brot und Tüten mit *cantucci* und *viallini*.

Schlemmerland für einen Koch, dachte Alto.

Als er wieder in den kleinen Laden zurückkehrte, waren die Franken immer noch nicht mit ihrem Einkauf fertig.

»Wir kommen schon seit zehn Jahren, mieten jedes Mal in einem anderen Teil der Toskana ein Ferienhaus, aber hier kaufen wir ein«, sagte die Frau.

Kann ich verstehen, dachte Alto. »Mal eine Frage!«, er sprach Petra an. »Könnte ich hier auch wohnen?«

»Fragen Sie bitte im *ufficio* nach. Gabriella kann Ihnen da weiterhelfen. Wenn Sie aus der Tür raus sind, gleich wieder rechts.«

»Dann kaufe ich später ein«, sagte Alto und bedankte sich für die Auskunft.

Gabriella saß hinter dem Computer und schaute auf den Bildschirm. Ihre lebhaften, dunklen Augen hinter der kreisrunden Brille gingen hin und her.

Alto trug seinen Wunsch vor.

»Das geht spontan meistens nicht, aber .... Jemand musste plötzlich abreisen ....Warten Sie ...« Sie holte die Liste der Reservierungen hervor und fuhr mit dem Finger über die entsprechende Spalte.

»*La Torre* ist frei für ... wie lange wollen Sie bleiben?«

»So lange wie möglich«, entfuhr es Alto. *Vielleicht habe ich ja Glück und ...*

»Also zehn Tage kann ich Ihnen geben, Herr ...«

Alto nannte seinen Namen und entschuldigte sich sogleich, dass er sich nicht vorgestellt habe.

»Ich sage Bescheid, dass man Sie rüberbringt«. Gabriella bat ihn Platz zu nehmen. »Darf ich Ihnen einen *vin santo* und *cantucci* anbieten?«

»Woher können Sie so gut Deutsch?«, fragte Alto.

»Ich habe studiert, Deutsch und Literatur und mittelalterliche Geschichte.«

Während Alto die beiden Köstlichkeiten probierte, rief Gabriella an. Das Landhaus *La Torre* war für neue Gäste bereits hergerichtet.

»Da haben Sie aber wirklich Glück!« Ihre Augen funkelten lustig hinter der Brille. »Ein schöner Zufall ...«

Alto erwiderte, der Zufall sei all das, was einem zufalle. Sollte er fragen, ob ...

In diesem Moment betrat ein Mann, dessen Gesicht viele Furchen aufwies, das *ufficio*.

»Das ist Livio, er wird Sie zum Landhaus bringen.«

Livio ließ sich die Schlüssel für *La Torre* geben und bedeutete Alto, ihm zu folgen.

Auf dem Parkplatz entdeckte er den roten Alfa Romeo. Hatte ihn seine Nase nicht getäuscht. *Hellena ist also noch da.*

Er bat Livio um einen Moment Geduld. *Sollte ich vielleicht ein Kärtchen an die Windschutzscheibe ...*

Alto schaute ins Innere des Wagens. *240 km/h auf dem Tacho, ganz schön flott die Kiste.*

Hinter ihm stoppte ein weißer Fiat Panda.

»Verfolgen Sie mich?« Diese Fragerin kannte Alto. Und auch die Frage war ihm vertraut.

»Es macht den Eindruck, oder?« Alto reichte Hellena die Hand.

Zögerlich erwiderte sie die Geste.

»Ich ziehe gerade hier ein. Schön, auf Sie zu treffen. Haben Sie zwei Autos?«

Hellena erklärte, dass die Fattoria den Gästen, die etwas entfernter wohnen, einen Fiat Panda für die Fahrten auf dem Gelände zur Verfügung stelle, um den eigenen Wagen zu schonen. »Mein guter Romeo mag solche Feldwege nicht besonders, er behauptet sogar, dafür sei er nicht gebaut worden.«

Livio drängte zum Aufbruch.

»Wenn Sie noch einen Moment hier bleiben ... könnten wir doch einen Kaffee zusammen trinken ... wenn ich Sie dazu einladen dürfte.«

Hellena nickte. Nur kurz.

Livio nahm hinter Alto auf dem Motorrad Platz.

So sausten sie davon.

»Bis gleich!«, rief Alto. *Hab ich diese Fotografin gleich angetroffen. Ausgezeichnet.*

La Torre lag nur wenige Minuten von der Fattoria entfernt, ein kurzes Stück Straße, ein kleiner Feldweg, mehr war nicht zu bewältigen.

Livio schloss die Tür auf und ließ Alto eintreten.

»Ich lege nur schnell meine Packtaschen rein«, sagte Alto und beeilte sich.

Nicht mal zehn Minuten später erreichten die beiden wieder den Parkplatz der Fattoria.

Der rote Flitzer stand nicht mehr auf seinem Platz.

Von Hellena keine Spur. Alto fragte im Hofladen und im *ufficio* nach ihr, aber niemand hatte sie wegfahren sehen.

Schade, dachte Alto. Dann stutzte er. *Was bildest du dir denn ein? Nur weil du sie auf einen Kaffee einlädst ...*

Vor dem Hofladen hatte sich eine kleine Gruppe gebildet, die aufgeregt in deutsch und holländisch parlierte.

Nicole hielt einen dicken Schlüsselbund in der Hand. »Wir fahren jetzt in den *vin santo*-Keller, bei mir können vier Personen einsteigen, die anderen folgen mir im eigenen Wagen.«

Alto fragte, ob er sich der Gruppe anschließen dürfe.

Niemand hatte etwas dagegen.

»Fahren Sie bitte mit Ihrem Motorrad hinter mir her!«, forderte Nicole ihn auf.

Zwischen Rebstöcken führte ein schnurgerader Feldweg auf eine Allee von Zypressen. In Italien wussten die Bäume stets, wo sie für ein Postkartenmotiv zu stehen hatten.

Casa Conforto hieß das zweistöckige Natursteinhaus, in dem der *vin santo* lagerte.

Nicole bat um einen Moment Geduld, erst müsse die Alarmanlage ausgeschaltet werden. »Hier lagern nämlich unsere wertvollsten Weine. Da kommt nicht jeder rein.«

Der Geruch, der die Gruppe empfing, war verführerisch. Jeder Besucher sog die Luft im Keller geräuschvoll ein.

Sie gingen an den mit weißer Kreide beschrifteten Weinfässern vorbei, die in Regalen bis unter die Decke lagerten.

»*Vin santo* heißt heiliger Wein. Der Name soll darauf zurückgehen, dass die Herstellung des Weins früher in der ›heiligen Woche‹ stattfand, zumindest in der Osterzeit«, erklärte Nicole. Der Wein sei meist nur von den wohlhabenderen Bauern hergestellt worden, weil die Trauben besonders gelagert werden müssten und lange Zeit für die Fermentierung brauchten. »Zwei bis drei Jahre mindestens. Das konnte sich nicht jeder Weinbauer leisten.«

Auf einem Tischchen zwischen den Fässern standen kleine Flaschen mit dem edlen Getränk, daneben ein Korb mit Gläsern und eine Schale mit *cantucci.* Alto konnte sehen, dass einige aus der Gruppe immer mal wieder auf das Tischchen blickten. Ganz sehnsüchtig.

»Es sind zwei Trauben, aus denen wir unseren *vin santo* herstellen: Malvasia gibt die Aromen und Trebbiano die Struktur. Die reif gepflückten Trauben müssen in trockenen und luftigen Räumen zum Dörren auf *graticci*, Riedmatten, ausgelegt werden, damit sie möglichst viel Wasser verlieren. Dann erst werden sie gepresst und halb vergoren in die *caratelli*, die kleinen Fässer, die Sie hier sehen, gefüllt.«

Nicole zeigte auf die kegelförmigen, grauweißen Häubchen, die auf jedem Fass thronten.

»Die Fässer werden nur zwei Drittel voll gemacht und mit Zement versiegelt. Wenn die Gärung weiter geht, entsteht im Fass ein sehr hoher Druck. Die Fermentierung verläuft sehr langsam, es kommt nur wenig Sauerstoff dazu. Und dann ...«

Nicole öffnete eine Flasche und durch die Gruppe ging ein hörbares Raunen.

»Und dann gibt es dieses wunderbare bernsteinfarbene Getränk.«

Sie schüttete ein bauchiges Gläschen voll und hielt es gegen das Licht.

Alto offerierte in seinem Restaurant eine Reihe von Süßweinen aus verschiedenen Anbauregionen, auch *vin santo* war darunter, aber so oft wurde er nicht verlangt. Er fragte Nicole nach den Temperaturen bei der Fermentierung, nach Geschmacksnoten, von Karamell über getoastete Mandel bis zu Biskuit, nach der Beschaffenheit und Holz der Fässer und wie oft sie genutzt werden konnten.

»Sind Sie vom Fach?«, wollte Nicole wissen.

»Mehr auf der Verbraucherseite«, erwiderte Alto. Dass er in Stuttgart ein Restaurant betrieb, wollte er auf keinen Fall erzählen.

Er war nicht wenig erstaunt, als es kurz nach Einbruch der Dunkelheit an der Tür klingelte.

Hellena.

»Ich muss mich entschuldigen«, sagte sie etwas verlegen, »ich bin einfach so abgehauen, obwohl ich ... aber ich hatte vor zu fotografieren und musste den besten Platz dafür erst finden.«

»Haben Sie schon etwas gegessen?«, fragte Alto. »Die Nudeln sind gleich gar und der *sugo* köchelt schon. Sie würden mir eine große Freude ...«

»Ich will mich nicht lange aufhalten. Nach dem Fotografieren bin ich meistens sehr erschöpft«, erwiderte Hellena: »Ich brauche nur ein bisschen Brot mit Salami.«

Alto hielt die Tür weit auf und machte eine Verbeugung.

Als er in *La Torre* eingezogen war, sah er den Präsentkorb auf dem langen Esstisch in der Küche. Mit allerlei Spezialitäten der Fattoria, sogar ein kleines Fläschchen Olivenöl war dabei, von dem er umgehend kostete. Das dunkelgrüne, dickflüssige Öl war ein Hochgenuss. Selbst für einen erfahrenen Koch wie ihn. Zum Frühstück würde er ein paar Scheiben von dem frisch gebackenen Brot toasten, mit Olivenöl beträufeln und mit etwas Salz bestreuen. In einem kleinen Glas gab es grobkörniges Salz. An alles war gedacht. Trotzdem hatte er im Hofladen eingekauft, als wolle er eine vierköpfige Familie eine Woche lang bekochen.

Hellena kannte das Ferienhaus *La Torre* schon.

Hier hatten Robert und Isabel gewohnt. Bis zu ihrer plötzlichen Abreise. Jeden Tag hatte ihr Bruder aus Ascona angerufen und sich nach ihr erkundigt. Allzu lange konnte sie ihm nicht böse sein. Hatte sie wirklich erwartet, dass Robert seine frisch angetraute Ehefrau alleine in ihre Artistenschule fahren ließ? Vielleicht sollte sie der Einladung ihres Bruders folgen und ein paar Tage im *Centovalli* Station machen.

»Ich habe heute Le Balse fotografiert, von denen Sie mir erzählt haben«, sagte Hellena, nachdem sie einen Schluck Rotwein probiert hatte.

»Le Balse?« Alto wusste nicht, was Hellena damit meinte.

»Die Landschaft hinter der Mona Lisa!«

Jetzt erinnerte sich Alto. *Dieser Kollege in Arezzo ... was hatte er noch darüber gesagt?* Es türmten sich so viele neue Eindrücke in seinem Kopf, manches war schon wieder in Vergessenheit geraten.

»Das sind Trutzburgen der Natur mit Zinnen und Erkern, versteckte Verließe und unheimliche Kammern. Ich habe noch nie eine solche geologische Formation gesehen.«

Früher sei diese Gegend vom Meer überschwemmt gewesen, deswegen würden diese turmhohen Felsen auch zum großen Teil aus Sand bestehen, der durch die Jahrmillionen von Wind und Wasser, von Hitze und Eis geprägt, ausgewaschen und geformt worden sei. »Naturskulpturen, Schicksalshöhlen, Legendengestein.« Hellena fand immer neue Beschreibungen für diese eigentümlichen Steingebilde. »Vielen Dank für den Hinweis, den hab ich ja Ihnen zu verdanken.«

Und dann zeigte sie Alto auf dem Display ihrer Kamera einige Fotos.

»Die schönsten Naturschlösser kann man zwischen Terranuova Bracciolini und Castelfranco di Sopra finden.«

Plötzlich, sprang Alto auf. »Meine Nudeln!«

Vorsichtig hob er den Deckel hoch und spießte mit der Gabel eine dicke Pici-Nudel auf. »Glück gehabt, noch zwei, drei Minuten.« Diese Nudelsorte brauchte mehr als zwanzig Minuten, um *al dente* zu werden.

Er hatte aus Streifchen der Pfeffersalami, den roten Zwiebeln und den Bombolino-Tomaten einen *sugo* mit frischem Basilikum, einem Schuss Olivenöl und Peperoncino gemacht, der in der Pfanne auf kleiner Flamme schmurgelte.

»Wie lange werden Sie und Ihr Bruder denn noch bleiben?«, fragte Alto vom Herd aus..

»Mein Bruder ist schon abgereist und die anderen Hochzeitsgäste sind ebenfalls weg. Wahrscheinlich fahre ich auch bald. Es gibt noch ein paar mögliche Motive, die ich fotografieren will. Dann bin ich verschwunden. Ist ein bisschen anders gelaufen, als ich es mir vorgestellt habe.«

Alto dachte daran, seine Künste einzusetzen. *Wozu bin ich ein Sternekoch? Ex-Sternekoch, um genau zu sein.*

Da musste es doch eine kulinarische Versuchung geben. Ihm würde schon etwas einfallen.

Die Quelle des Arno

Er schoss ein Bild nach dem anderen. Eine solche Montage der Gaumenfreuden hatte er noch nie gesehen. Auf vier riesigen Plakaten im Hochformat waren Mammas und Mützenköche, Pizza und Pasta, Würste und Sardinen, Esser und Trinker, Trauben und Trester auf miteinander verwobenen Fotos zu sehen. Italienische Lebensart pur!

Sie lehnte an der Stadtmauer von Bibbiena und erfreute sich an seiner Begeisterung. So ausgelaugt und erschöpft, wie er sich am Abend zuvor dargestellt hatte, schien er doch nicht zu sein. Sein Nachtisch *Ile flottante* hatte ausgezeichnet geschmeckt.

Sie fuhren von Bibbiena hinunter zur Wallfahrtskirche Santa Maria del Sasso, die er als erstes Ziel vorgeschlagen hatte. Die Frage, ob sie auf seinem Motorrad oder er in ihrem Alfa mitfahren sollte, wollte er durch eine Münze entscheiden lassen. Das lehnte sie ab, Motorradfahren sei ihr zu schnell.

Eine Fahrt durchs Casentino, jenes alte Siedlungsgebiet am Flusslauf des Arno mit seinen bewaldeten Bergen, wollten sie unternehmen. Sich treiben lassen, zufällige Entdeckungen machen, wie es Hellena sich so sehr gewünscht hatte.

Der Fels, über dem die Kirche »Madonna des Steins« errichtet worden war, glich einem urzeitlichen Saurier. Am

Fuße dieses Felsens habe eine Frau im weißen Gewand der siebenjährigen Caterina eine Handvoll Schoten geschenkt. So erzählt es eine Legende aus dem 14. Jahrhundert. Wie sich herausstellte, waren diese nicht mit Bohnen, sondern mit Blut gefüllt. Als im Jahre 1348 Bibbiena von der weithin grassierenden Pest verschont geblieben war, ließen die Dominikaner über dem Felsblock ein Kloster und ein Gotteshaus erbauen, das seit Jahrhunderten als Wallfahrtsort diente.

Hellena betrachtete den großen Stein, der von der unterirdischen Krypta bis in den Altarraum reichte, von allen Seiten, bevor sie ihre Digitale zückte. Nur so zum Vergnügen. Dies sei die Art ihres Notizbuches, vielleicht würde sie später wiederkommen, wenn sie über das Motiv nachgedacht habe.

»Ich wollte eigentlich in Arezzo eine Unterkunft finden, ein Apartment mit Küche ...«

»Küche ist dir wichtig, oder?«

»Aber sie konnten mir nichts anbieten, was einigermaßen ruhig liegt. Ich brauche jede Menge Stille. Die ist noch wichtiger als Küche.«

»Kannst du denn Stille überhaupt aushalten?«

»Ich lerne es gerade. Nach sieben Jahren Gästetrubel, ununterbrochenem Gebrabbel, Nichtigkeiten und besoffener Prahlerei ... Ich hab schon die Sonntage genossen, wenn »Chez Alto« zu war. Kein Radio, Fernsehen schon gar nicht. Ich hab alle Fenster geschlossen gehalten, weil ich nichts, aber auch gar nichts hören wollte.«

»Ich hab mich früher in jeden Trubel gestürzt, kaum mal eine Nacht durchgeschlafen, wollte alles, wirklich alles fotografieren. Nur kein Innehalten. Stille fand ich grausam. Wenn nichts passierte, wurde ich hibbelig ...«

»Aber du konntest doch wenigstens zwischendurch ein paar Tage abschalten ...«

»Ich war süchtig nach Lärm, grellen Farben, ausgelassenem Treiben. Das Leben als Kirmes, laut, überlaut, schreiend, für mich konnte es nicht wild genug sein.«

»Und jetzt?«

»Jetzt genieße ich Stille. Sie gibt mir die Kraft, kreativ zu sein.«

»War das ein schwieriger Prozess, so weit zu kommen?«

»Ging nicht ohne schmerzhafte Einschnitte.«

»Schöne Aussichten.«

»Wenn du von einem Kontinent zum nächsten gejettet bist, um wilde Feste zu fotografieren, völlig außer Atem, Tausende von Bildern im Kasten, in letzter Minute nach Hause gekommen, mit den Magazinmachern stundenlang um einzelne Fotos gestritten hast ... Irgendwann kam der Moment, wo ich mir sagte: Stopp! Finito!«

»So weit bin ich gerade.«

»Immerhin ein Anfang.«

Der Turm des Castello ragte wie ein Ausrufezeichen aus dem Städtchen Poppi empor. Weithin sichtbar. Ein Palazzo, dessen Wände mit Wappen der Grafen Guidi geschmückt sind. Steinerne Treppenaufgänge in alle Richtungen wie auf den Zeichnungen des holländischen Grafikers und Zeichners Escher. Säulen und Pfeiler, Holzgalerien. Zinnenbewehrte Mauern, ein tiefer Burggraben, über den eine leicht zu verteidigende Zugbrücke führt. Dunkle Verliese für die Verräter und helle, lang gestreckte Rittersäle für die noblen Familien.

Sie streiften durch die mittelalterliche Burg und genossen die weiten Ausblicke über die casentinische Landschaft. Grüne Bergketten und Täler, Alleen mit Zypressen und einzelnen Höfen.

Poppi mit seinen von Bogengängen gesäumten Sträßchen, die Via Cavour zog sich schnurgerade durch den Ort, machte einen beschaulichen Eindruck auf sie, bis eine Gruppe von johlenden Schülern durch die Gassen stürmte. Sie mussten sich hinter den Pfeilern der Arkaden verstecken, um nicht umgerannt zu werden.

Sie ist ein bisschen schreckhaft, dachte Alto, als die laute Horde weitergezogen war. Dabei machte sie den Eindruck, als würde sie jedem noch so starken Sturm widerstehen.

Im Restaurant *L'Antica Cantina* kehrten sie ein, um ein paar Antipasti zu essen. Er trank einen halben Liter vom *vino sfuso*, dem offenen Roten, sie hingegen Wasser.

Die *Ile flottante*, mit der er sie am Abend zuvor überraschte, war eine Pariser Spezialität, die er in seinem Restaurant verfeinert hatte. Ein See aus kalt geschlagener Zabaione mit dem schwimmenden Segel aus Erdbeereiweißschaum.

Sie bestellte *fragole al limone.* »Nachtisch muss immer sein«, sagte sie. Er gönnte sich einen exzellenten Grappa.

Bevor sie Poppi verließen, erstanden sie eine handgezeichnete Landkarte des Casentino, auf dem der Flusslauf des Arno vom Monte Falterona bis zum Ponte a Buriano zu verfolgen war.

»So wie du fährst, scheinst du ja keine Angst zu haben, oder?«

»Bin ich zu schnell?«

»Die ganze Zeit schon. Es gibt hier jede Menge Schilder am Straßenrand ...«

»Sehe ich nicht.«

»Keine Angst vor der Polizei?«

»Ich hab eine Sammlung von Knöllchen aus vielen Ländern zu Hause, ganz beeindruckend ...«

»Nie einen Unfall gehabt?«

»Nie! Ehrenwort! Nicht einen einzigen.«

»Aber ein bisschen langsamer wäre auch nicht schlecht. Immerhin wolltest du nicht auf meinem Motorrad mitfahren.«

»Das hatte Gründe.«

»Bist du denn wirklich so furchtlos oder tust du nur so? Vorhin in Poppi ...«

»Im Auto fühle ich mich sicher. Was meinst du, wie viele Kilometer ich in meinem Leben gefahren bin?«

»Keine Angst vor dem Tod?«

»Seit Mexiko nicht mehr.«

»Wieso gerade Mexiko? Bist du da mal überfallen worden?«

»Nein, nein. Ich habe in Mexiko mehrere Jahre im November fotografiert. November ist der Monat des Todes. Allerheiligen. Wenn überall die Lichter auf den Gräbern angezündet werden. Wenn ganze Familien auf den Gräbern ihrer Verwandten Feste veranstalten. Ständig siehst du Skelette baumeln, große, kleine, überall lacht dir der Tod entgegen. Selbst als Kinderspielzeug gibt es Skelette, wo du auch hinschaust. Seit damals habe ich begriffen, der Tod ist Teil des Lebens. Basta. Für mich jedenfalls.«

»Hat er gar nichts Erschreckendes für dich?«

»Nicht die Bohne. Fahr mal hin, das wird dich verändern. - Und du, wie siehst du das?«

»Ich hab eine Schwester verloren, schon sehr früh, und vor ein paar Wochen einen sehr engen Freund ...«

»Oh Entschuldigung, das hab ich nicht gewusst.«

»Woher auch? Wir kennen uns doch erst seit ein paar Tagen.«

»Was ist mit deiner Schwester passiert?«

»Möchte ich jetzt nicht drüber sprechen.«

»Ich glaube, ich bin gerade geblitzt worden!«

»Hab ich gar nicht bemerkt.«

»Wieder was für meine Sammlung zu Hause.«

Der Mönch, der im Kloster Camaldoli den Buchladen betreute, liebte Heinrich Böll, hatte jeden seiner Romane gelesen und nannte einige Buchtitel. Böll sei in Deutschland gewiss doch sehr berühmt.

Die beiden Deutschen schauten sich an.

Hellena hatte in ihrer Schulzeit mal eine Kurzgeschichte von dem Kölner Schriftsteller gelesen, Alto kannte den Namen.

Immerhin sei Böll ein Nobelpreisträger, sagte der Mönch.

Aber leider fast vergessen, erwiderte Hellena.

Der Mönch sprach akzentfrei deutsch, obwohl er Italien niemals verlassen hatte. Nach der Besichtigung des Klosters müssten sie unbedingt zur Einsiedelei *Eremo di Camaldoli* hinauf fahren. Auf 1111 Meter Höhe. Dort habe im Jahr 1025 Romualdo, ein Mönch aus Ravenna, die *Congregazione Camaldolese dell'Ordine di San Benedetto* gegründet, der auch er die Ehre habe anzugehören. »Ora et labora et lege!, so heißt ja ein Grundsatz von uns Benediktinermönchen. Und wie Sie sehen, lebe ich danach.« Der Mönch lachte und zeigte auf die Bücher in dem vollgestopften Laden. Bete und arbeite und lies!

Die Zelle des Ordensgründers war spartanisch. Ein Holzbett, ein kleiner Altar, ein Wandregal. Im Vorraum Bilder vom Besuch des letzten Papstes. Die Mönche des Klosters lebten in kleinen Reihenhäusern, die mit Mauern voneinander abgetrennt waren. Zu jedem Häuschen gehörte ein kleiner Garten. Der Mönchsbezirk war für Besucher nicht zugänglich. *Ingresso vietato* stand auf dem Pfeiler des Zauns.

Hellena fand die Barockkirche allzu überladen, Putten und Engel aus Gold, goldgerahmte Bilder von Kirchenfürsten, mit Gold verzierte Gitter und Altäre - ein außerordentlicher Kontrast zu der kargen Einsiedelei. Auf Fotos waren die in schlichte weiße Kutten gekleideten Mönche zu sehen.

Alto stöberte in der Mönchsapotheke, die neben Kosmetika, Heilmitteln und verschiedenen Spezereien, auch Honig, Marmeladen, Liköre, Weine und Öl verkaufte.

»Ich hab eine persönliche Frage.«

»Wenn ich entscheiden kann, ob ich sie beantworten will.«

»Warum fotografierst du ausschließlich Steine, Hellena?«

»Hat sich so ergeben.«

»Einfach so?«

»Das Pendel hat zur anderen Seite ausgeschlagen. Ich hatte genug von den Massenveranstaltungen, den weltlichen und religiösen Festen ...«

»Aber du warst doch damit sehr erfolgreich. Die Fotoreportagen und sogar deine Bücher, du hast doch viele, viele Jahre damit zugebracht ...«

»Aber irgendwann war es nicht mehr meins, verstehst du?«

»Nicht ganz.«

»Das, was die Auftraggeber wollten und was ich wollte, ging immer mehr auseinander. Und so kamen nur noch Kompromisse heraus.«

»Und da bist du auf die Steine gekommen.«

»So in etwa.«

»Und wie lange schon?«

»Das mach ich erst seit einem Jahr. Ganz konsequent, so wie ich früher nur Feste fotografiert habe. – Eine persönliche Gegenfrage: Warum hast du dein Restaurant zugesperrt?«

»Na ja, es ist vorübergehend.«

»Nur eine kurze Auszeit?«

»Keine Ahnung. Vielleicht auch länger.«

»Aber doch nicht nur, weil du betriebsmüde bist.«

»Wie hast du gesagt: so in etwa.«

»Und andere Gründe gibt es nicht?«

»Wie meinst du das?«

»Du musst das besser wissen als ich.«

»Ich habe nach sieben Jahren das Recht ...«

»Natürlich hast du ein Recht dazu. Ich hab ja auch den Schalter umgelegt. Es ist noch gar nicht heraus, ob jemand meine Steinfotos überhaupt will.«

Die Fahrt zur Quelle des Arno, *capo d'Arno*, ging über enge Serpentinen hinauf zum Monte Falterona.

Immer wieder schnitt Hellena die Kurven, als gebe es auf dieser Straße keinen Gegenverkehr. Alto hielt sich am Türgriff fest. Die Rolle des Beifahrers musste er erst noch lernen.

Er hatte vorgeschlagen, im Nationalpark eine Pause zu machen und wenigstens ein paar Schritte zu gehen – *wozu diese Eile?* – oder in einer Bar mal einen Prosecco zu trinken – als Erholung von der vielen Kurverei. Aber Hellena war nicht davon zu überzeugen.

Sie sei gerade so gut in Fahrt.

Auf 1358 Metern Höhe entsprang der Arno, unter dem Gipfel des Falterona. Hier waren auf einem Stein Verse von Dante Alighieri aus dem »Purgatorio«, dem Fegefeuer, eingraviert.

Un fiumicel che nasce in Falterona
e cento miglia di corsa nol sazia.

Ein Flüsschen, das in Falterona seine Quelle hat
macht hundert Meilen mit seinem Laufe satt.

Der italienische Dichterfürst hatte 1289 im Casentino während des Krieges zwischen den florentinischen und den ghibellinischen Heeren aus Pisa an der Seite von Florenz mitgekämpft und diese Gegend in sein Hauptwerk, »Die Göttliche Komödie«, einbezogen.

Als Alto am späten Abend seine Fotos auf dem Display ansah, stellte er fest, dass er nicht ein einziges Mal Hellena aufs Bild bekommen hatte. *Das muss ich nachholen.*

Borro

Hellena hatte sich an einen Tisch im Garten hinter dem *ufficio* gesetzt und eine *merenda* bestellt. Der gestrige Tag war ziemlich anstrengend gewesen. So viele neue Impressionen, so viel reden. *Bin nicht mehr gewohnt, den ganzen Tag jemanden um mich zu haben.* Sie brauchte Abstand. Ruhe. Hatte sich in diesen Teil der Fattoria verzogen, um nicht gestört zu werden. Sie sortierte ihre Eindrücke in ihrem fotografischen Notizbuch gerne zeitnah, um nicht den Überblick zu verlieren.

Auf einem Holzbrett wurden ihr Salami und Schinken, Käse und Pasten, Tomaten und Radieschen serviert. Dazu als Krönung eine Scheibe Ricotta, frisch aus der Käserei, so zart, dass er auf der Zunge zerging.

Vielleicht bleibe ich doch noch ein paar Tage, dachte Hellena. Sie rechnete aus, wie lange sie die Ferienwohnung nutzen konnte. Nach Verscio zu Robert und Isabel wollte sie jetzt nicht fahren.

»Dürfen wir uns zu Ihnen setzen?«, fragte eine junge Frau.

»Nichts dagegen!«, stammelte Hellena und rückte mit ihrem Jausenbrett an das äußerste Ende der Holzbank.

Im Nu war der ganze Tisch belegt. Zwei Frauen, zwei Kinder, ein Mann.

»Guten Appetit!«, schallte es ihr gleich fünffach entgegen.

Hellena nickte. Dann trank sie hastig einen Schluck Weißwein.

Die Kinder spielten Nintendo.

Der Mann nahm eine Zeitung hoch und blätterte sie durch. Eine Frau teilte der anderen Urlaubserlebnisse mit.

»Wir waren gestern in Borro.«

»Wo liegt das?«

»Ihr müsst in San Giustino Valdarno abbiegen, nur ein paar Kilometer.«

»Da sind wir ja vorhin durchgefahren. «

»Borro ist ein kleines Städtchen ...«

»Mama, wann gibt's was zu essen?«, fragte ein kleiner Junge mit einer so hellen Stimme, dass man glaubte, einen Engel singen zu hören.

»Gleich, Karli, der Papa ist schon bestellen gegangen.«

Obwohl Hellena keine Reisetipps hören wollte, kam sie nicht umhin, dem Gespräch zu lauschen.

»Mama, ich habe Hunger!«

»Karli, jetzt quengel nicht!«

»Ich will Spaghetti!«, sagte der andere Junge.

»Wir haben doch schon gegessen, Jonas. Jetzt lass mich mit Elly hier mal in Ruhe reden.«

Wie wahr, dachte Hellena. *Nur nicht einmischen.*

Der Mann las ungerührt im »Stuttgarter Wochenblättle«, ab und zu schaute er auf die beiden Kinder, die sich wieder ihrem Spielzeug zugewandt hatten.

Hellena erfuhr, dass der kleine Weiler Borro mit seinen verwinkelten Gassen wie eine Puppenstube sei. »So ein schönes Dörfle hast du noch nicht gesehen!« Nur über eine hohe, enge Brücke zu erreichen. »Ihr müsst den Wagen auf dem Parkplatz stehen lassen und zu Fuß reingehen.« Die Frau kannte sich in der Geschichte des wegen seiner strategischen Lage über Jahrhunderte umkämpften Städtchens aus. Dann berichtete sie von dem Schuhindustriellen Ferragamo aus Florenz, der große Teile Borros aufgekauft und in sündhaft teure Ferienwohnungen umgewandelt habe.

Hellenas Blick fiel auf eine Überschrift.

Mysteriöses Verschwinden eines Sternekochs

Sie versuchte, den halbfett gedruckten Vorspann des Artikels zu lesen, aber es gelang ihr nicht.

»Und für die Kinder gibt es in Borro was Besonderes: In einem Haus wird die ganze Geschichte von Pinocchio in mechanisch bewegten Schaubildern gezeigt. Elektrisch betriebene Figuren aus Collodis Kinderbuch: Der gefräßige Kater und der Riesenwal, die weise Grille und der böse Schutzmann. Ich konnte Jonas gar nicht mehr aus dem Haus wegkriegen ...«

Leider hatte der Mann die Zeitung schon wieder umgeblättert, so dass Hellena nichts mehr von dem Artikel erspähen konnte. *War da ein Foto neben dem Dreispalter?*

»In Borro gibt es viele Kunsthandwerker mit hübschen kleinen Geschäften, Pflastersteingassen und Bruchsteinhäuser. Das ist ein wirklich netter Ausflug für Kinder.«

Ein Mann trat an den Tisch. »Unsere Unterkunft ist gerade fertig geworden, wir fahren erst mal hin ...«

»Mama, wir wollten doch was essen!«

»Das machen wir später, Karli.«

Der Zeitungsleser meldete sich zu Wort, sie würden nun auch in die Hufe kommen, schließlich sei die Fahrt nach Hause noch ziemlich lang.

Hellena fragte, ob sie mal kurz in die Zeitung schauen dürfe.

»Aber gerne!« Er wandte sich an Karlis Vater. »Oder willst du das Käsblatt zurück haben?«

Unverhofft war Hellena wieder allein, nachdem sie den einen eine gute Heimfahrt und den anderen einen schönen Aufenthalt gewünscht hatte.

Der Artikel war ein Schock.

Auf dem Foto erkannte sie Alto. Er trug lange, dunkle Haare, die zu einem Pferdeschwanz zusammengebunden waren.

Mysteriöses Verschwinden eines Sternekochs

(Ira) Seit Tagen rätselt man in der Stuttgarter City, was mit Alto Pahl geschehen ist. Er hat sein Restaurant »Chez Alto« zugesperrt und sich mit einem lapidaren Hinweis an der Eingangstür verabschiedet. Ist dies Teil eines Dramas, dessen Ende wir noch nicht kennen?

Die Polizei schließt ein Verbrechen nicht aus, kann aber keine genauen Angaben machen. Steckt die albanische Mafia dahinter, die seit geraumer Zeit Restaurantbesitzer unter Druck setzt und zu monatlichen Abgaben presst? Noch ist niemand dingfest gemacht worden, aber nach dem Brand eines italienischen Restaurants in der Rotebühlstraße ist erhöhte Wachsamkeit geboten.

Die Geschäftsführerin L. hat keine Informationen, wo sich ihr Chef aufhält. Sie hat allerdings die Anweisung, die Angestellten weiterhin zu bezahlen.

Hat das Verschwinden von Alto Pahl damit zu tun, dass er vor kurzem seinen Stern verloren hat? In der Szene munkelt man, dass diese Aberkennung den renommierten Chef de cuisine sehr getroffen haben soll.

Ein anderes Gerücht besagt, dass er seinen Zahlungsverpflichtungen bei in- und ausländischen Lieferanten nicht mehr nachkommen konnte. Ist Pahl deswegen auf Tauchstation gegangen?

Ein Mitbewerber in der City, der namentlich nicht genannt werden will, mutmaßt: »Alto Pahl hatte die Nase immer viel zu weit oben, der musste eines Tages mal drauf fallen.«

»Chez Alto« hat sich in den letzten Jahren einen untadeligen Ruf erarbeitet, so dass es für seinen Besitzer gar keinen Grund gibt, das Bistro für kurze oder längere Zeit zu schließen. Auch wenn ihn der Verlust des Sterns sehr mitgenommen haben sollte.

Bei der Polizei ist noch keine Vermisstenanzeige eingegangen, was das Geheimnis um Alto Pahl nicht kleiner werden lässt. Eins steht fest: Nicht nur die Stammgäste vermissen ihn sehr.

Einer von ihnen, der ebenfalls lieber anonym bleiben will, sagte dieser Zeitung: »Wenn sich Alto auf seine eigenen Ideen verlässt, wird er eines Tages auch wieder in den Sterne-Himmel aufgenommen werden.«

Das Rätselraten geht weiter.

Die Polizei bittet um sachdienliche Hinweise unter der Nummer ...

»Mir gefällt das einfache Design auf den Weinetiketten und den anderen Produkten sehr gut. Diese schlichte Handschrift hat was Besonderes.« Alto hatte Bandino Lo Franco um ein Gespräch gebeten.

Sie saßen unter dem ausladenden Feigenbaum, mit Blick ins weite Tal im Sonnenglanz.

»Das ist die Handschrift unseres Architekten, der auch dieses Haus ausgebaut und renoviert hat. Als mein Vater nach einer Idee suchte, wie man die Etiketten für den Wein gestalten sollte, sagte er, man könne doch einfach den Namen des Weins per Hand draufschreiben und ebenso die nötigen Informationen auf der Rückseite der Flasche. Und so wurde es gemacht. Der Architekt musste kilometerlang für uns schreiben, weil ja auch der Katalog so gestaltet werden sollte ...«

»Und heute?«, unterbrach ihn Alto.

»Heute haben wir diese Handschrift in ein Computerprogramm umgewandelt.« Bandino lachte.

Alto wollte nicht gleich auf sein Vorhaben kommen und ließ sich ein bisschen über die Entstehung der Fattoria erzählen. Wie im Laufe von Jahren die Öl- und Getreidemühle, der *vin santo*-Keller, der Holzbackofen instand gesetzt wurden. Der Stall, die Weinkeller, die Käserei wurden wieder aufgebaut. Ihn faszinierte, wie es den Eltern gelungen war, die drei Söhne für die vielfältigen Aufgaben der Fattoria zu begeistern. Sie hatten alle ein Betriebswirtschaftsstudium abgeschlossen, waren aber danach hierher zurückgekehrt. Nun hat jeder von ihnen seinen spezifischen Aufgabenbereich. »Unsere Kinder wachsen hier auf, sind spielerisch bei Oliven- und Weinernte, beim Korndreschen und Schafscheren dabei. Wenn wir eine Auszeichnung für unsere Weine oder Olivenöle bekommen, nehmen wir die Kinder mit. Sie erfahren all das hier quasi mit der Muttermilch, so sagt man doch im Deutschen, oder?«

Alto nickte.

Bandino sprang auf. »Ich habe völlig vergessen, Ihnen etwas anzubieten. *Mi scusi!*«

Alto sagte, das sei wirklich nicht nötig. Er nutzte die Unterbrechung, um auf seinen Plan zu sprechen zu kommen. »Ich würde die Fattoria gerne genauer kennen lernen und vielleicht, wenn es möglich wäre, auch mitarbeiten.«

Bandino Lo Franco schaute ihn prüfend an. »Sind Sie denn vom Fach?«

Alto erzählte von seinem Restaurant und dass er sich eine Pause verordnet habe, sonst hätte das Bistro ihn aufgefressen. Hellena gegenüber hatte er das nicht so drastisch ausgedrückt.

»Ich muss erst mit meinen Brüdern sprechen«, sagte Bandino, »aber eigentlich ist nichts dagegen zu sagen. Sie kennen ja die Hygienevorschriften. Die Arbeitsvorgänge sind Ihnen vielleicht nicht alle vertraut, aber man kann Sie anlernen.«

Bandino holte sein *telefonino* hervor und redete mit seinen Brüdern Gianni und Antonio. Die Gespräche dauerten wenige Minuten.

»Sie haben nichts dagegen. Sie können jeden Tag einen

anderen Arbeitsplatz ausprobieren, um dann ...«

Bandino wurde von einem kleinen Kläffer unterbrochen, der an seinem Hosenbein hochsprang und danach den Fremden stürmisch verbellte.

»Mein Hund«, sagte Bandino, »ein ganz Lieber, der beißt nicht.«

Alto war sich da nicht so sicher.

Er sei froh, dass seine Bitte erfüllt werde und er wieder arbeiten könne.

Dann sprachen sie eine Zeitlang über Altos Bistro in Stuttgart. »Vielleicht eröffnen wir eines Tages auf dem Gelände der Fattoria auch ein Restaurant«, sagte Bandino.

»Du musst dich bei der Polizei melden. Du kannst dich doch nicht einfach verstecken!«

Der Zeitungsartikel lag auf dem Küchentisch in *La Torre*. Wie ein Mahnschreiben der Steuerfahndung.

»Du musst diesen Gerüchten entgegentreten. Was sollen deine Gäste von dir denken?«

Woher haben die Kerle nur das Foto, dachte Alto.

»Wenn du abtauchst, übernehmen andere, die Presse zu füttern. Das kann teuer werden.«

Einer, der sich als Stammgast ausgab, war bestimmt ein Konkurrent aus dem Gewerbe. Einige Chefs hatten unverhohlene Freude gezeigt, als ihm der Stern von der Kochmütze genommen wurde.

»Nun sag was, Alto! Geht mich zwar nichts an, aber wenn so was in der Zeitung steht, muss man reagieren. Ich war lange genug in der Branche, um mich da auszukennen. Das musst du stoppen!«

Hellena tippte mit dem Finger auf den Artikel.

Alto lächelte, ein wenig verlegen.

»Nichts als Spekulatius, Hellena. Der Artikel hat keinerlei Grundlage.«

»Um so schlimmer!«, entfuhr es ihr.

»Wenn ich jetzt eine Gegendarstellung beantrage ...« Alto ließ den Satz unvollendet. *Eine Gegendarstellung, so ein Blödsinn. Kann man sein Leben gegendarstellen lassen?*

»Zahlst du denn?«, fragte Hellena.

»Wie meinst du das?«

»An die albanische Mafia! Das steht doch da!«

Alto zögerte einen Augenblick, dann sagte er: »Nein! Natürlich nicht!« Er kenne Kollegen, die sich einschüchtern ließen und monatlich ein paar Tausender abdrückten, aber er habe das immer kategorisch abgelehnt.

»Und was sagt die Polizei dazu?«

»Darüber redet niemand im Business. Großes Schweigen. Gerade diejenigen, die zahlen, halten sich komplett bedeckt.«

Hellena hob die Augenbrauen.

Alto schaute noch mal auf den Artikel. »Dass mit der Zahlungsunfähigkeit ist allerdings eine Frechheit.«

»Da ist wirklich nichts dran?«, fragte Hellena. Sie kannte aus früheren Zeiten ein paar Journalisten aus der Medienmeute, die nur allzu gerne Gerüchte ausstreuten, um damit ein Blätterrauschen zu ernten.

»Nichts, aber auch gar nichts. Ich hatte mal einen Geschäftsführer, der manche Rechnungen verspätet gezahlt und sogar ein paar mal in die Kasse gegriffen hat, aber den hab ich entlassen.« Alto machte eine Pause. »Obwohl er ein alter Freund von mir gewesen ist.«

»Und was willst du tun?« Hellena konnte nicht begreifen, dass dieser versierte Mann, der ihr am Küchentisch gegenüber stand, nicht den Mumm aufbrachte, sich gegen diesen verleumderischen Artikel zu wehren. Selbst wenn alles daran erstunken und erlogen sein sollte.

»Abwarten. Nicht rühren. Das wird schon wieder in Vergessenheit geraten. Möchtest du ein Glas Prosecco? Ich habe gerade den Rosé aufgemacht, schmeckt mir gut.«

Hellena faltete die Zeitung zusammen, als sei der Moment gekommen, das Thema zu beenden. *Was mischst du dich da ein*, schalt sie sich. *Wenn er auf dieses Geschmiere nicht reagieren will ...*

»Wenigstens hat meine Geschäftsführerin sich an unsere Absprache gehalten und nichts ausposaunt.«

»Und wie ist es mit den anderen Angestellten, sitzen die jetzt auf der Straße?«, erwiderte Hellena. Die Frage hatte sie schon gestern stellen wollen.

»Die haben bezahlten Urlaub. Ich habe ihnen freigegeben und zahle weiter. Nun bin ich nicht mal zwei Wochen weg. Das kann ich mir leisten. Vielleicht«, Alto unterbrach sich, »werden sie das Bistro auch ohne mich weiterführen ... Ich weiß es wirklich noch nicht.«

Dann berichtete Alto von seinem Gespräch mit Bandino

Lo Franco und dass er auf der Fattoria mitarbeiten dürfe.

Hellena ließ sich ein Glas von dem roséfarbenen Prosecco geben. »Darauf sollten wir anstoßen!«

Pecorino

Alto hatte kaum geschlafen. Immer wieder war er hochgeschreckt. Er hatte geträumt, sein Restaurant sei abgefackelt worden. Und immer wieder tauchten Max und seine Freunde in seinem Albtraum auf.

Ich muss zurück! Ich bleibe hier!

Es war kurz nach sechs, als er Karla zum ersten Mal zu erreichen versuchte.

»Hallo, hier ist Karla. Gute Nachrichten nach dem Piep, schlechte Nachrichten können Sie vergessen. Bitte erst überlegen, dann sprechen. Ciao.«

Komm geh ran, Karla!

Alto trank bereits den dritten Espresso, leerte ein Wasserglas nach dem anderen.

Ich bleibe hier! Ich muss zurück!

Dieser Artikel ist bestimmt nur der Anfang. Wenn erst die »Stuttgarter Nachrichten« oder die »Stuttgarter Zeitung« nachziehen und eigene Recherchen anstellen ... Willst du wirklich die Arbeit von sieben harten Jahren aufs Spiel setzen? Du hast alles erreicht, was du dir vorgestellt hast ...

Er rechnete aus, wie lange er bis Stuttgart brauchen würde. *Heute Abend könnte ich zu Hause sein, alles regeln, und morgen wäre ich dann ...*

Ein Gedanke beschäftigte ihn wie ein Ohrwurm, den man nicht mehr aus dem Kopf bekam: *Hatten Max' kroati-*

sche Freunde diesen Artikel lanciert? Zuzutrauen wäre es ihnen, davon konnte Alto ausgehen.

»Hallo, hier ist Karla. Gute Nachrichten ...«

Kurz nach halb sieben.

Um neun Uhr sollte er sich in der Käserei einfinden. Sein erster Arbeitstag. Er bräuchte eine Notlüge, wenn er diesen Termin nicht einhalten konnte. Eine verdammt gute Notlüge. Wer am ersten Tag nicht erscheint, hat meist alles verspielt.

Ich muss zurück! Ich bleibe hier!

Was kannst du schon ausrichten? Willst du in die Redaktion dieses Blättles gehen und darum bitten, dass sie deine Beweggründe für das Wegbleiben aufschreiben? Was soll das bringen? Und was willst du denen überhaupt erzählen?

Inzwischen hatte Alto eine halbe Packung *viallini* verspeist, die auf dem Küchentisch stand.

Sieben Uhr.

»Hallo, hier ist Karla. Gute ...«

Verdammt, wann schaltest du denn endlich dein Handy ein?

Karla war ein Glücksgriff gewesen. Sie hatte in München, Wien und Triest in Restaurants gearbeitet, die einen ausgezeichneten Ruf besaßen. Sie sprach drei Sprachen fließend, kannte sich bestens in Kalkulationen aus, und war sofort bereit, Max zu ersetzen, als Alto gezwungen war, ihn vor die Tür zu setzen. Jedes Sternelokal würde Karla übernehmen, sollte er sich entschließen, sein »Chez Alto« aufzugeben.

Ich muss zurück! Ich bleibe hier!

Willst du wirklich zurück in diese Mühle? Es war nicht nur eine Enttäuschung gewesen, als man ihm den Stern aberkannte, sondern auch eine Erleichterung. Der Hochdruck im täglichen Betrieb, die Notwendigkeit, immer neue Kreationen auf der Speisekarte zu haben, die peniblen Tester, die stets nörgelten, die Beschwerden mancher Gäste ... *Willst du das alles wieder auf dich nehmen?* Er kannte Kollegen, die den Stern freiwillig zurückgegeben hatten. Auch sie waren nicht mehr bereit, sich dem Diktat der Restaurantführer zu beugen. In letzter Zeit hatte er sich oft in sein Restaurant geschleppt, ohne auch nur den Hauch der Kochlust zu spüren, die ihn so oft beflügelte, wenn er am Herd stand, hatte sich der stressigen Routine gebeugt und gedankenlos durchgearbeitet ... *Willst du wirklich ...*

Ich bleibe hier! Ich muss zurück!

Niemand würde ihm verdenken können, dass er mal eine Pause machte. Niemand würde sein Lokal deswegen meiden. *Je länger ich bleibe, desto schwieriger wird es sich wieder einzufinden. Und bei Null anfangen, das will ich auf keinen Fall.* Dazu war der Weg zu steinig gewesen. Wie lange würde das Geld reichen, um die Angestellten zu bezahlen? Nicht mehr als zwei Monate.

»Hallo, hier ist Karla. Gute Nachrichten ... Alto, bist du das?«

»Karla, endlich! Gut, dass du rangehst.«

»Hast du es schon mal probiert?«

»Ja, schon ein paar Mal.«

»Ich hab Harry auf Durchzug gestellt, damit ich wenigstens nachts meine Ruhe habe.«

Karla hatte ihr Handy Harry getauft – erinnerte sie an ihren Mathematiklehrer, der Lösungen von schwierigen Dreisatzaufgaben verlangt hatte.

»Hast du den Artikel im Blättle gelesen? Wie kommen die dazu, so einen Quatsch zu schreiben? Das ist doch Geschäftsschädigung. Sollen wir mit Peters reden? Was meinst du?«

Karla war augenblicklich hellwach. Es seien zwei Typen vom Blättle da gewesen, sie hätte - wie vereinbart - nichts gesagt und dann hätten die auf der Glatze Locken gedreht. Ende der Geschichte.

»Gibt es denn Reaktionen auf den Artikel?«

»Ein paar unserer Stammgäste haben mich angerufen und gesagt, wir sollen uns den Quatsch nicht zu Herzen nehmen. Spinner gebe es überall, auch in der Presse.«

Alto war erleichtert.

Karla sagte, sie habe schon mit dem Anwalt gesprochen. »Peters rät, den Ball flach zu halten.«

»Und die anderen Zeitungen?«

»Ich habe jeden Morgen alles durchgesehen, Seite für Seite. Da ist nichts. Peters meint, die würden sich da nicht reinhängen. Es sei doch schließlich deine Privatsache, wann du mal Urlaub machst, nichts von Interesse für die seriösen Zeitungen ...«

Ich bleibe hier!, dachte Alto und schaute auf die Uhr. Es war schon acht.

»Wann kommst du, Alto?« Karlas Stimme klang nun nicht mehr so energisch.

»Hast du Max bezahlt?« Seine Gegenfrage.

Sie zögerte.

»Karla?«

»Ja.«

»Hast du Max bezahlt?«

»Nein, noch nicht. Ich dachte ...«

Alto versuchte ruhig zu bleiben. »Karla, ich bitte dich inständig, gib ihm das Geld. Ich kann das von hier aus nicht ...«

»Alto, ganz im Ernst. Du willst ihm das Geld schenken, und dann?«

»Was und dann?«

»Dann kommt er in ein, zwei Wochen und verlangt wieder Geld. So ist es doch bisher immer gelaufen.« Sie machte eine Pause. »Ich kenne ihn. Der ist unersättlich!« Und dann fügte sie hinzu: »Schließlich hat er dich beklaut. Schon vergessen?«

Alto schluckte. »Ich möchte, dass er das Geld dieses Mal bekommt. Bitte, mach es noch heute!«

»O.K.! Gleich nachher. Aber es ist das letzte Mal.«

»Das letzte Mal«, wiederholte Alto. Und dann vereinbarten sie, dass Karla ihm eine SMS schicken sollte, wenn sich etwas Neues ereignete oder ein weiterer Artikel erschiene. Er würde jeden Tag auf sein Handy sehen und sie dann umgehend zurückrufen. »Die anderen Mitteilungen und Anrufe auf der Mailbox habe ich bereits gelöscht. Und an die Emails gehe ich schon gar nicht mehr.«

Sie verabschiedeten sich.

Karla wünschte Alto eine ruhige Zeit, wo immer er sich auch aufhalte und schloss mit dem Satz: »Lass dir mit der Rückkehr nicht zu lange Zeit. Wir wollen bald wieder an die Arbeit gehen.«

»Sehen das die anderen auch so?«, fragte Alto.

»Denen fehlt doch die Arbeit und die Anerkennung der Gäste genauso wie dir!«

Als Alto das Handy zuklappte, spürte er einen Stich.

Vielleicht muss ich doch früher zurück.

Alto nahm die Käselaibe aus dem Regal und drehte sie um. Damit sich die Molke im Pecorino besser verteilte.

Er kam sich vor wie ein Polizist der Spurensicherung. Weißer Kittel, weiße Gummischürze, auf dem Kopf eine weiße Haube und dazu blaue, lange Gummihandschuhe. Sehr elegant das alles.

Käselaib hochheben, umdrehen, hinlegen. So ging das von Regal zu Regal. Die meterhohen Regale, die in dem Kühlraum standen, ließen gerade so viel Platz, dass er sich dazwischen bewegen konnte.

Michela hatte ihn eingewiesen. Ein freundliches Gesicht, routiniert in all ihren Tätigkeiten, klar in ihren Anweisungen.

Am Morgen hatte er zugesehen, wie die Schafsmilch in einen großen Metallkessel gefüllt und 20 Sekunden auf 72 Grad erhitzt wurde, um sie zu pasteurisieren. »Wir verwenden für den Pecorino 100 Prozent Schafsmilch und setzen nicht wie andere noch Kuhmilch zu, um auf größere

Mengen zu kommen.« Danach wurden der Milch natürliche Säurebakterien und flüssiges Lammlab beigegeben, damit sie eindickt. Eine Art Harfe aus Edelstahl zerteilte im Kessel die gedickte Milch. Dann wurde sie in gelochte Käseformen geleitet, die dem Pecorino schon die runde Form gaben. »Für ein Kilo Pecorino braucht man mehr als 5 Liter Schafsmilch. Wir verarbeiten am Tag 6000 Liter und stellen zwei bis dreimal die Woche Käse her.«

Alto hatte gespürt, wie stolz Michela auf ihre Arbeit war. Sie erklärte ihm auch, dass die Mitarbeiter auf der Fattoria immer mal wieder den Arbeitsplatz wechseln würden und deswegen keine Langeweile aufkomme.

Käse aus dem Regal nehmen, umdrehen, hinlegen. Das nächste Regal. Käse hochheben, umdrehen, hinlegen. Um auf das untere Brett zu kommen, musste sich Alto tief bücken, bei dem obersten ziemlich strecken.

Um 11 Uhr war Frühstückspause.

Sie saßen im Aufenthaltsraum und Alto wurde ausgefragt.

»*Hai bambini?*«

Die Frage verstand er. Er schüttelte den Kopf.

»*Sei sposato?*«

Wie bitte, sposato, er schürzte die Lippen. Michela zeigte auf den Ring an ihrer linken Hand.

Wieder schüttelte Alto den Kopf.

Dann zeigten die Frauen auf eine jüngere Kollegin. Die wäre noch zu haben, aber er müsse sich beeilen.

Alle kicherten.

Alto konnte sich denken, was die anderen gemeint hatten. Er lächelte der Frau zu. Die schüttelte den Kopf.

Was wiederum zu Gelächter führte.

Beim nächsten Arbeitsgang, zu dem Alto eingeteilt wurde, musste der Käse mit Meersalz eingerieben werden. Eine Wanne voll grobem Salz und viel Handarbeit. Das Trockensalz, so erklärte Michela, bleibe 24 Stunden auf dem Käse, danach würden die Laibe mit Wasser abgewaschen und zum Ablagern in einen temperierten Raum gelegt. »Sie müssen aber regelmäßig abgebürstet, gewaschen und gewendet werden.«

Alto freute sich über die einfachen Arbeitsgänge, gleichförmig und konzentriert. Fast meditativ. Ohne zugleich an tausend andere Dinge denken zu müssen.

Als eine Besuchergruppe auftauchte, alle in schicken Plastikumhängen mit Duschhauben und Plastiküberschuhen, verzog er sich in den nächsten Raum. Keine Lust auf Landsleute.

Schon gar nicht auf Schwaben.

Die konnte er sofort ausmachen, als die Besucher hygienisch eingepackt wurden.

Alto hörte, wie Michela den Besuchern den Vorgang erklärte, den er am Morgen schon erlebt hatte.

Das Klicken der Kameras war zu hören.

Was Hellena wohl in diesem Augenblick macht? Er hoffte, sie am Abend wiederzusehen.

Im nächsten Schritt musste er Käselaibe aus dem Regal nehmen und mit Olivenöl einreiben. Damit sollte die

Schimmelbildung verhindert werden.

Alto erinnerte sich, wie er vor ein paar Tagen das dunkelgrüne Olivenöl zum ersten Mal gekostet hatte. Schon der Geruch war ein Genuss.

»Die gealterten Pecorini werden mit Olivenöl und Asche abgerieben«, hatte ihm Michela gesagt, »das kannst du beim nächsten Mal machen.«

Zum Schluss durfte Alto seinen eigenen Ricotta herstellen. Aus der Molke, die man auf der Fattoria »Dickete« nannte, wurde durch neuerliches Aufkochen der schmackhafte Frischkäse.

Als er am späten Nachmittag dazu kam, seinen »wieder Gekochten« zu probieren, ließ er den Tag Revue passieren. Er hatte kaum an seine Zwickmühle gedacht. *Muss ich wirklich zurück? Soll ich nicht lieber hier bleiben?*

Aber in einem musste er Karla recht geben.

Die Arbeit fehlte ihm.

Bei der Anerkennung war er sich nicht so sicher.

Florenz

Ein zu Boden Gestreckter, die Fackel noch in der Hand. Ein fliegender Apostel mit dem Buch des Lebens. Ein Freiheitskämpfer mit Filzhut und Vollbart. Ein Liebespaar, aufrecht stehend: er in der Uniform der Flieger, sie im hoch geschlossenen Kleid, beide lachend und sich die Hände entgegenstreckend, ohne sich zu berühren. Ein schwarzer Kater auf weißem Marmor. Aldo Valleroni, ein Pianospieler. Marina Poggesi, die Strandschönheit. Ein Kind, das die Arme zur Madonna ausstreckt. Ein sinnender Engel mit gelber Blume. Adele Tempestini, 1821-1892.

Seit Stunden fotografierte Hellena auf dem *Cimitero Monumentale delle Porte Sante* oberhalb von Florenz, einem Friedhof, der nach 1850 angelegt worden war. Er lag direkt hinter der Basilika San Miniato al Monte.

Die modernen Bestattungshäuser, sechsstöckig, fast hundert Meter lang, Sarg an Sarg, mit einfachen Namenstafeln und Blumen in Plastikvasen, beachtete sie nicht. Hellena liebte alte, prunkvolle Grabanlagen. Den Friedhof Cristoforo Colón in La Habana oder Prazeres in Lissabon, ein Friedhof, der Vergnügungen heißt. Sie hatte sich eine Liste von Friedhöfen in Italien angelegt, die sie fotografieren könnte: Campo Santo Teutonico in Rom, die Friedhofsinsel San Michele in Venedig und den Friedhof Stagliano in Genua. Aber auch kleine Friedhöfe hatten es ihr angetan:

Lucca, Siena, Volterra. Wann immer sie konnte, hatte sie während eines Stadtbesuches auch einen Gang über den Friedhof eingeplant. Highgate Cemetery in London, wo Karl Marx neben einem Weizenbaron liegt, Père-Lachaise in Paris mit den Gräbern von Oscar Wilde und Jim Morrison, der Dorotheenstädtische Friedhof in Berlin, auf dem Bertold Brecht und Hanns Eisler beerdigt sind.

Ich bin nicht tot, ich tausche nur die Räume,
ich bin in Euch und geh' durch Eure Träume.

Diese Zeilen Michelangelos fotografierte Hellena auf einem dunkelroten Block aus Porphyr.

Wie ging noch die Anekdote aus Capalbio, einem Örtchen in der Nähe von Grosseto? Dort sollte am Ende des 19. Jahrhunderts einer der »guten Banditen«, der Brigant Domenico Tiburzi, den man nach einer wilden Jagd erschossen hatte, beerdigt werden. Der Pfarrer verweigerte ihm die letzte Ruhe in der geweihten Erde. Da sich die Bewohner Capalbios aber für den Toten einsetzten, schließlich hatte er das geraubte Vermögen an die Armen verteilt, musste der Pfarrer zustimmen, den Leichnam zur Hälfte innerhalb und zur Hälfte außerhalb der Friedhofsmauer zu beerdigen. Im Lauf der Jahre wurde der Friedhof erweitert und so lag das Grab des Tiburzi eines Tages dann doch innerhalb der Mauern.

Eine elegische Tänzerin mit Palmzweigen und Schleppe aus grauem Metall. Ein Mädchen im weißen Marmorkleid mit Spitzenärmeln. Eine Frau in griechischem Gewand neben einer Weinpresse. Ein Glatzkopf mit Schnauzbart, Weste und Fliege in Kupfergrün. Eine mild lächelnde Dame in einem braungrauweißen Kleid mit Schürze und Haardutt, die an welken Blumen riecht. Eine rote Katze zu Füßen eines erschreckten Engels.

Je länger Hellena fotografierte, desto mehr achtete sie auf Farben und winzige Details bei der Ausgestaltung der Gräber und prunkvollen Grabhäuser. Kreuze aus verschlungenen Händen, steinerne Rosen, Vasen aus Marmor mit filigranen Mustern. Portraitbüsten mit struppigen Schnauzbärten. Und immer wieder Engelsstatuen.

Hellena entdeckte das Grab von Carlo Lorenzini, dem Autor von Pinocchio. Und die Grabanlage der Familie von Franco Zeffirelli, dem berühmten Opern- und Filmregisseur.

Obwohl sie schon mehr als ein halbes Dutzend Filme belichtet hatte, konnte sie sich nur schwer von dem Friedhof trennen. Mit jedem Bild war ihre Verbindung zu dem wundersamen Ort enger geworden.

Vom Piazzale Michelangelo schaute sie auf den Arno, an dessen Quelle sie vor wenigen Tagen mit Alto gewesen war. *Wie schön, ihn am Abend wiedersehen zu können.*

Die sieben Brücken, die über das gelblichbraune Wasser führten, die rot gedeckte Kuppel des Baptisteriums, der hoch gestreckte Campanile des Palazzo Vecchio – alles vertraute Motive, die Hellena schon von früheren Besuchen kannte. *Am besten ich lasse den Wagen hier stehen, in der Innenstadt gibt's sowieso keine Parkplätze.*

Wie abwehrend Alto reagierte, als sie ihn auf den Zeitungsartikel angesprochen hatte. Als hätte er etwas zu verbergen. Auch wenn dieses Käsblatt, wie der Schwabe es genannt hatte, nicht gerade seriös war, irgendetwas blieb immer hängen. Sie wollte Alto nach der Rückkehr aus Florenz noch mal auffordern, sich bei der Polizei zu melden.

Über die Via San Salvatore di Monte gelangte Hellena an das Flussufer des Arno. Sie überquerte den Ponte Vecchio im Schnellschritt, um auf die andere Seite des Flusses zu gelangen. Wie immer war die Brücke fest in den Händen der Touristen und Andenkenhändler.

Wenn ich Glück habe, ist Ugolini geöffnet. Schon seit Jahren hatte sie sich auf diesen Besuch gefreut, aber immer waren die Türen des Geschäftes verschlossen gewesen. Dies war bereits der dritte Anlauf.

In Paris war es ihr gelungen, zwei Exemplare aus der Gattung der *pietre paesine* zu erwerben. Wahre Kunstwerke. Eine in grünen Tönen gehaltene, kleine Steinplatte mit geometrisch bizarren Linien, in der Art wie Lionel Feininger gemalt hatte. Und eine romantisch-bukolische Landschaft mit Wiesen am See und einem buckligen Hügel. Seitdem hatte sie sich für diese Naturkunststücke interessiert.

Landschaftssteine, die schon von Pablo Neruda mit einem Gedicht geehrt wurden, fand man hauptsächlich in der Gegend von Florenz. Sie werden aus Felsblöcken gebrochen, in Platten geschnitten, auf einer Seite poliert. *Pietra paesina,* Landschaftsmarmor. Oder besser: Kalkmergel - Unterkreide – so die Bezeichnungen für diese geologische Seltenheit, deren schönste Stücke mehrere Tausend Euro wert waren.

Hellena hatte Glück. Der Laden Ugolini am Lungarno Acciaioli war geöffnet. Nun musste sie nur noch die Besitzerinnen, die Schwestern Antonelli, überzeugen, dass sie ein paar ihrer besten Stücke fotografieren durfte. Das würde nicht anders gehen, als selbst einen Stein zu erwerben. Aber dazu war Hellena ohnehin bereit.

Die Exemplare, die ihr die jüngere der beiden Schwestern zeigte, waren von solcher Schönheit, dass Hellena die Auswahl schwer fiel. Sie entschied sich für eine *pietra paesina* in Sienabraun und hellem Ocker, die einen Felsvorsprung über einem See zeigte, an dessen Ufer einzelne Häuser zu erkennen waren, in der Mitte eine hohe Zypresse. Geschnitten aus einem Felsblock in der Region von Pontassieve. Die Ablagerungen im Kalk, die durch Jahrmillionen zusammengepresst waren, zeigten mineralische Spuren und schufen so Landschaftsbilder, die mal äußerst realistisch und manchmal vollkommen abstrakt erschienen.

Phantastische Welten, Häusergetümmel auf unbehauenen Felsen, wilde Bergspitzen unter einem weißen Mond, bizarre Flussläufe und zarte Pflanzengebilde, ein Pilzbaum monströs.

Die beiden Schwestern Antonelli, Urenkelinnen des Geschäftsgründers Ugolini, hatten keinerlei Einwände, dass Hellena die schönsten Stücke der Sammlung mit ihrer aufwändigen Plattenkamera ablichtete. Als Gegenleistung wollten sie Abzüge von den Fotos für ihren nächsten Katalog.

Maria Luisa, die ältere der beiden, holte ein Buch, in dem die Fundorte der Steine und die Arbeitsweise der Steineklopfer beschrieben wurden und einige Preziosen abgebildet waren. Dort fand Hellena das Poem von Pablo Neruda:

Orangenhaine ... aus Oxid, grüne Adern
Friedvoll im Kalkgestein
Darüber der Morgen mit seinem Rosa
So sind diese Steine:
Niemand weiß,
Kommen sie aus dem Meer
Oder kehren sie dorthin zurück?
Festgefügt und erloschen
Bauen sie eine tote Stadt.
Eine Stadt ohne Schreie,
Ohne Küchen, ein einsamer Ort ... der Reinheit
Hingeworfene Formen
in einer Vielheit, die den Blick verwirrt.

Hellena konnte sich nicht satt sehen. Diese Ansammlung von *pietre paesine* war zweifellos ein Höhepunkt für ihre Steinfotografie. Allein mit diesen Fundstücken könnte sie einen ganzen Bildband füllen.

Die jüngere Schwester rasselte mit dem Schlüsselbund, es sei schon weit nach acht, sie müssten nun zum Essen gehen.

Hellena bezahlte das erstandene Kunstwerk, das äußerst sorgfältig verpackt wurde. Es würde einen Ehrenplatz in ihrer Wohnung bekommen, versehen mit einem schwarzen Holzrahmen auf einem zitronengelben Untergrund.

Als sie den Laden am Arnoufer verließ, stellte sie fest, dass sie den ganzen Tag weder gegessen noch etwas getrunken hatte. Sie war aber zu erschöpft, nun ein Restaurant aufzusuchen.

Von einem Taxi ließ sie sich zum Piazzale Michelangelo zurück bringen, wo ihr Alfa Romeo auf sie wartete. Nur nach Hause. Und schnell bei Alto vorbeischauen.

Mal wieder schwankte die Benzinuhr im gelben Bereich. Hellena musste tanken. *Damit kommst du nicht mehr bis zur Fattoria. Pech gehabt!*

Kaum war sie in Firenze-Sud auf die A 1 gefahren, sah sie schon das grüne Schild: Chianti, darunter Messer und Gabel gekreuzt und eine Tanksäule. *Glück im Unglück*, dachte sie.

Was Robert jetzt wohl macht? Sein letzter Anruf lag zwei Tage zurück. Würde er die ganzen Flitterwochen in Verscio bleiben?

Hellena konnte sich nicht vorstellen, dass ihr Bruder die Tage verbrachte, ohne etwas zu recherchieren oder zu schreiben. *Vielleicht interviewt er die 103jährige aus dem Centovalli, von der er erzählt hat. Die ist sicher eine große Reportage wert*. Hellena hatte vor Jahren angefangen Hundertjährige zu fotografieren.

Der Jaguar.

Der pinkfarbene Jaguar.

Der pinkfarbene Jaguar mit englischer Nummer.

Trevor.

Kein Zweifel, das war Trevors Auto.

Hellena trat das Gaspedal durch und schoss mit achtzig Sachen an den Zapfsäulen vorbei, wich im letzten Moment einem anfahrenden Lastwagen aus, zischte über die Einfahrt zurück auf die A 1, hinter ihr bremsten Wagen, hupten, eine Truckersirene übertönte alle, sie schlitterte auf die Überholspur und beschleunigte den Wagen auf 130 km/h.

Ihr Puls ein Maschinengewehr.

Trevor ist da.

Ich muss weg.

Noch heute.

Wie hat er mich gefunden?

Hellena sah auf die Benzinuhr. Ganz gleich. Die nächste Ausfahrt raus, irgendwo wird es noch eine offene Tankstelle geben.

Warum hatte ihr Vater ihm bloß gesagt, dass sie in der Toskana fotografierte?

Wird er ihr wieder auflauern?

Hinter ihr lichthupte ein Lamborghini. *Na klar, du Krösus, du fährst ja 200.* Ohne ihre Geschwindigkeit zu verringern, fuhr Hellena auf die mittlere Spur.

Nächste Ausfahrt: Incisa.

Noch 16 Kilometer entfernt.

Luft anhalten und weiterrasen.

Der pinkfarbene Jaguar, auf den Trevor so stolz war. Sollte einem Mitglied der englischen Königsfamilie gehört haben. Irgendein Seitenzweig von Lord Snowdon. Eine prima Verkaufslegende ...

Wie oft hatte sie neben Trevor in diesem Luxusschlitten gesessen. Portugal, Spanien, Frankreich. Ihr Kollege war nicht davon abzubringen, seinen Jaguar auf Spesenjagd zu schicken. Trevor hatte es abgelehnt, in Hellenas Romeo zu steigen. »Der ist doch nur auf mein Gefährt eifersüchtig«, lästerte er über den Alfa.

Die Ausfahrt. Endlich.

Noch stotterte der Wagen nicht.

Hellena bremste, um rechtzeitig vor der Zahlstelle zum Stehen zu kommen.

Sie fragte den Angestellten, ob es in der Nähe eine Tankstelle gebe. Der zeigte stumm hinter sich, kassierte den kleinen Geldbetrag und wandte sich wieder seiner Lektüre zu.

Großartige Hilfe, dachte Hellena. *Aber wer macht schon gerne einen Job in einem Kassenhäuschen?*

Langsam wurde sie ruhiger.

Du hast dich benommen wie ein aufgescheuchtes Huhn, schalt sie sich. *Er wird dich bestimmt nicht gesehen haben.* Einen Fahrer hatte sie in dem pinkfarbenen Jaguar nicht entdecken können.

Sie sah das AGIP-Zeichen.

Eine Tankstelle.

Als könnte ihr Romeo auch lesen, begann er leise zu tuckern. Hellena schätzte die Entfernung auf dreihundert Meter.

Im Notfall kann ich schieben.

Brav fuhr der Wagen im Schritttempo bis zur Tankstelle.
Chiuso.
Vor der Einfahrt war eine lange Eisenkette gespannt.

Trevor

Hätte nicht gedacht, dass es so schwierig ist, sein altes Aussehen wiederzuerlangen. Aus dem sardischen Schlitzohr mit dem blauschwarzen Haarwuchs sollte wieder der blonde englische Dandy aus Yorkshire werden.

Die Zeit des Versteckspielens ist vorbei. Die Stunde des Rendezvous steht bevor.

Der Friseur in Florenz musterte mich abschätzig, als ich sagte, ich wollte wieder wie vorher aussehen. Haben Sie eine Bank überfallen?, fragte er neugierig. Ich antwortete ihm nicht. Es dauerte eine Weile, bis meine Haare entfärbt waren. Den Bart abzurasieren ging schneller.

Beim Autoverleiher in Poggibonsi erlebte ich eine Überraschung. Mein Jaguar stand nicht in der Garage. Ein Angestellter bekam hektische Flecken im Gesicht. Mein Chef, mein Chef, ... stammelte er. Eine halbe Stunde später tauchte der Wagen auf. Nur eine kleine Spritztour, sagte der Besitzer entschuldigend. Ich hab ihm die letzte Rate für die Anmietung des Renault Clio nicht bezahlt. Strafe muss sein.

Am Morgen bin ich ihr noch in diesem Miniauto nach Florenz gefolgt. Glücklicherweise war dichter Verkehr auf der Autobahn, so dass sie mich nicht entdecken konnte. Ich hatte ja schon wieder mein altes Aussehen.

Der Friedhof.

Hätte ich drauf wetten können.

Sie lässt ja keinen Friedhof der Welt aus. Hat ein merkwürdiges Verhältnis zu diesen unheimlichen Orten. Seit sie in Mexiko war. Der Tod gehöre zum Leben, sagt sie immer, als habe sie eine Ahnung.

Ich wusste, ein paar Stunden wird sie dort fotografieren. Und alles um sich herum vergessen.

Für mich blieb genügend Zeit, die Autos zu tauschen. Mein pinkfarbener Jaguar passt besser zu uns zweien. Wie kann man nur in solchen Kleinwagen fahren? Schuhkartons sind ja noch größer.

Ich habe mit dem Gedanken gespielt, sie auf dem Friedhof zu stellen. Ist aber kein geeigneter Ort für ein Wiedersehen nach so langer Zeit. Das muss genau geplant werden. Ob sie sich ebenso wie ich darauf freut? Davon gehe ich aus.

Während sie fotografierte, habe ich mich in ihrem roten Romeo umgesehen. In unseren guten Tagen hatte ich mir Zweitschlüssel anfertigen lassen. Sofort umfing mich wieder der Geruch nach Acqua di Parma. Einzigartig. Ich hoffte, ein Taschentuch zu finden oder irgendetwas, das sie berührt hat. Aber es war alles sauber und ordentlich. Leider. Mehrfach habe ich über das Lenkrad aus Holz gestrichen. Der Tank mal wieder auf Reserve. Das kenne ich schon.

Vielleicht bleibt sie auf der Autobahn liegen, dachte ich. Kann als Retter in der Not kommen. Ich malte mir schon dieses tolle Entrée aus. Wahrscheinlich hat sie aber wie immer Dusel und schafft es gerade bis an die Zapfsäule.

Tankstelle Chianti.

Knapp zwei Stunden habe ich dort gewartet.

Plötzlich zischt ihr roter Romeo zwischen den Autos hindurch. Mit hoher Geschwindigkeit.

Mein Plan hat geklappt. Jetzt ist ihr klar geworden, dass ich gar nicht soweit von ihr entfernt bin.

Ich wusste, dass ich mich auf meinen pinkfarbenen Freund verlassen kann.

Aber dann war nichts mehr von ihrem Romeo zu sehen.

Erst in diesem Augenblick stellte ich fest, dass ich den Empfänger des Peilsenders im Leihwagen liegen gelassen hatte. Pech, verdammtes Pech.

Sofort bin ich zu ihrem Apartment gefahren. Dort würde sie auftauchen müssen.

Aber ihr Wagen war nicht da.

Wieder gewartet. Sie hätte längst zurück sein müssen.

Die ganze Nacht bin ich durch die Gegend gerast.

Nichts zu machen. Ohne Peilung hat das keinen Sinn.

Am nächsten Morgen stand ich pünktlich zur Öffnung vor der Leihwagenfirma in Poggibonsi. »Wollen Sie wieder einen Wagen leihen?«, fragte mich der Besitzer ziemlich ruppig. »Bei Ihnen nur noch gegen Barzahlung und Vorauskasse.« Ich habe geantwortet, wo der Empfänger des Peilsenders sei. Welchen Empfänger?, wollte er wissen. »Das Gerät ist nicht zu übersehen!«, fuhr ich ihn an.

»Der Wagen ist in der Wäsche. Sie können sich überzeugen, dass da nichts liegengeblieben ist.« Log er frech.

Der Typ hat den Empfänger geklemmt. Ganz klar, aber wie kann ich es ihm beweisen?

Mein sardischer Großvater sagte immer: Wenn dich jemand

bestehlen will, musst du ihm rechtzeitig die Hand abhacken.

Mir blieb keine Zeit für die Rache. So schwer mir das fiel.

Wer ist dieser Mann, mit dem ich Hellena ein paar Mal gesehen habe? Muss ein Angestellter der Fattoria sein. Auf den werde ich ein Auge haben.

Vielleicht war es doch keine gute Idee, so schnell mein altes Aussehen wieder anzunehmen.

Ich will von ihr nicht zufällig entdeckt werden.

Ich muss in der Offensive bleiben.

Die Überraschung ist das Salz in unserer Beziehung. Welcher Schriftsteller hat das noch formuliert? Hätte von mir sein können, der Satz!

LUCIGNANO

Sonntagmorgen. Ausschlafen. Alto liebte diese Gewohnheit. Dandolieren, den Tag verdödeln, *dolce farniente. Warum sollte ich diese Gewohnheit aufgeben ...*

Als ein Steinchen an sein Fenster geworfen wurde, schaute er auf die Uhr. Halb elf. Die Klingel schien nicht zu funktionieren.

Es war Hellena.

Ob er Lust auf eine Spazierfahrt habe? So wie neulich.

Nichts dagegen, aber diesmal wolle er sie auf dem Motorrad herumkutschieren.

Hellena ließ sich aufs Knobeln ein. Papier, Schere, Stein. Schnick, schnack, schnuck.

Hellena gewann. Also doch wieder der Romeo ...

Sie fuhren über die Brücke des Arno, an der sie zum ersten Mal miteinander gesprochen hatten. Es ging in Richtung Arezzo und dann ins Valdichiana. Eine Fahrt der Zufälligkeiten, die Alto so mochte. Hatte er sich je auf Reisen derart treiben lassen?

Als sie das Castello di Montecchio erspähten, bog Hellena mit einer sanften Linkskehre von der Straße ab und fuhr langsam den steilen Berg bis zur Ruine hinauf.

Heute mal kein Bleifuß auf dem Gaspedal, dachte Alto, *wie angenehm.* Auch dass sich Hellena immer mal wieder umschaute, bevor sie abbog, fand er durchaus beruhigend.

Ob sie bemerkt hat, wie ich mich das letzte Mal am Türgriff festgeklammert habe?

Dieses Castello war eine mittelalterliche Trutzburg. Zinnenbewehrte Natursteinmauern, mehrere hundert Meter lang, überragt von einem Turm mit schmalen Schießscharten. Einstmals bewohnte sie ein englischer Söldnergeneral, der in Diensten des Florentiner Adels stand. Leider war das hölzerne Tor verschlossen, die Burg in Privatbesitz.

»Wie war's in Florenz?«

»Ich hab immer noch Gräber vor Augen.«

»Viele Touristen?«

»Ich habe Florenz nur einmal ohne Touristen erlebt. Da hat es tagelang so geschüttet, dass man fürchten musste, der Arno tritt über die Ufer und macht aus Florenz Venedig.«

»Du hast gar nicht auf der Fattoria übernachtet.«

»Woher weißt du das?«

»Ich hab nachgeschaut.«

»Nachgeschaut?«

»Es hätte dir ja was passieren können.«

»Ist es auch.«

»Und was?«

»Sei doch nicht so neugierig.«

»Bin ich aber.«

»Ich musste in Incisa ins Hotel gehen, weil mein Romeo mal wieder keinen Sprit hatte. Das vergesse ich immer. Und die Tankstelle war *chiuso*.«

»Warum hast du mich nicht angerufen, ich hätte dich abgeholt. Mein Tank ist noch voll.«

»Schönen Dank für das Angebot, Alto. Aber ich bin gewohnt, für mich selbst zu sorgen. Und wie war dein Tag?«

»Ich habe Käse gemacht.«

»Den ganzen Tag?«

»Den ganzen Tag. Hat mir viel Freude bereitet. Kann ich nicht anders sagen. Ich hatte sogar selbstgemachten Ricotta für dich aufgehoben, aber da du nicht aufgetaucht bist ...«

»Ich musste warten, bis die Tankstelle heute früh wieder geöffnet hatte. Ohne Sprit kein Fahrspaß. Leider.«

Hellena zuckte zusammen.

Nicht zum ersten Mal.

Alto schaute irritiert zur Seite. Versuchte im Rückspiegel etwas zu erkennen. Aber außer dem üblichen Sonntagsbetrieb auf den Straßen ...

Irgendetwas beschäftigt Hellena. Das spürte er. *Nicht nur, dass sie wesentlicher langsamer fährt ...*

Er traute sich nicht, Hellena darauf anzusprechen.

Die Abbazia di Farneta sah von außen eher unscheinbar aus. Aus Natursteinen gemauert, rechts und links des rotbraunen Portals standen zwei römische Säulen. Die Sonnenstrahlen, die durch ein Fenster drangen, tauchten das Kirchenschiff in fahles Licht. An den Wänden verblassende Fresken. An der Decke Holzgebälk. Der hohe Raum beeindruckte durch seine Schlichtheit. Blickpunkt waren die drei kunstvoll gemauerten Apsiden der Ostseite.

In der Krypta aus dem 9. Jahrhundert fühlten Hellena und Alto sich beklommen, im gelbroten Schein tauchten fratzenhafte Gesichter an den Kapitellen der Stützsäulen auf.

Die unterirdischen Gewölbe waren verschüttet, als ein junger Priester mit Namen Don Sante Felice die Pfarrei übernahm. Über dreißig Jahre schuftete er unbeirrt, um die alte Kirche wieder in neuem Glanz erscheinen zu lassen und die Krypta freizulegen. Etruskische Urnen, Münzen und Terrakotten mit Porträts von Petrus und Paulus kamen dabei zum Vorschein.

Er entdeckte bei seinen Grabungen auch das Skelett eines Elefanten. Runde 2 Millionen Jahre alt. Don Sante Felice gab ihm den Namen »Linda«. Auf einer Hinweistafel lasen die beiden, dass der Elefant im *Museo della Preistoria* in Florenz zu besichtigen sei.

Als sie weiterfuhren, schien Hellena sich ein wenig beruhigt zu haben. Sie schaute nicht ständig in den Rückspiegel und folgte auch Altos Erzählungen, ohne ihn zu unterbrechen.

»Ich war sechs, als ich in einer Hotelküche gefragt habe, wie man die Torte herstellt, die mir so gut geschmeckt hatte. Wir waren in Gargellen in Tirol, unsere Familie machte da Urlaub und plötzlich war ich verschwunden. Überall wurde nach mir gesucht und dann entdeckte mich meine Mutter in der Küche. Neben einem Koch mit einer dicken, roten Nase. Ich hatte einen Bleistift in der Hand und notierte auf einem Zettel die Zutaten. Ich weiß noch genau, bei dem Rezept ging es um eine Malakofftorte. Mit einem Schuss Alkohol drin.«

»Konntest du schon schreiben?«

»Mein Geschreibsel war voller Fehler, aber immerhin ... so fing es an. Jahre später hab ich dann für die ganze Familie gekocht. Weil ich mich oft in der Küche rumtrieb, hat meine Mutter gesagt, am Sonntag kochst du uns was, Albert Thomas ...«

»Und was hast du aufgetischt?«

»Serbisches Reiterfleisch. Irgendwas mit Gehacktem, Gurken, Erbsen, Reis, alles durcheinander ... Danach hatte ich den Job: jeden Sonntag durfte ich kochen. Hat großen Spaß gemacht. Besonders als ich anfing Gerichte zu erfinden, um die Familie mit einem kleinen Einfall zu überraschen.«

Hellena bremste ab.

Alto ruckte nach vorne. Wie gut, dass er angeschnallt war.

Lucignano.

Den Namen der Stadt hatte sie schon mal gehört.

Wie schön, dass Alto an ihrer Seite war. Jeden Moment rechnete sie damit, dass der pinkfarbene Verfolger auftauchte.

Alto kam ihr verändert vor. Als müsse er reden, müsse von seiner Kochkunst erzählen. Bisher hatte sie kaum etwas Persönliches von ihm erfahren.

Ob dieser Artikel ihn noch immer beschäftigt?

Sie wollte Alto nicht darauf ansprechen und ihm die

Sonntagslaune verderben. *Irgendetwas hat er,* dachte Hellena, *mit mir hat das überhaupt nichts zu tun. Den Namen Trevor habe ich doch in seiner Gegenwart nie erwähnt, oder doch?*

»Bei mir war es ein Riesenzufall, dass ich zur Fotografie kam. Eine gute Freundin arbeitete für ein Hamburger Magazin, bei dem ich Layouterin war. Sie hatte Hochzeit. Alles war gerichtet, aber die Profifotografin war nicht erschienen. Hat einfach den Termin verpennt, wie sich später herausstellte. Also drückte Kristina mir die Kamera in die Hand und sagte: Mach das Beste draus! Ich hatte zwar mal einen Fotoapparat besessen, aber so eine Profikamera ... Na ja, die Bilder sind ganz gut geworden ... Als Kristina zur Leiterin der Bildredaktion aufgestiegen war, hat sie mich eines Tages zu sich gerufen und gesagt: Mir fehlt mal wieder eine Fotografin. Wie wär's mit dir? Das war meine Chance. Eine Reportage über Rituale der Santería, die afroamerikanische Religion in Kuba. Hunderttausende Kubaner nehmen im Dezember an einer Prozession teil, streng bewacht von Militärs ...«

»Hast du dir das zugetraut?«

»Kristina hat mir später gesagt, sie habe gewusst, dass ich das schaffe. Die Bilder von ihrer Hochzeit hätten ihr das gezeigt. Wenn ich nicht mit guten Fotos zurückgekommen wäre, hätte sie die Reportage einfach um ein Jahr verschoben.«

Hellena und Alto waren nicht wenig erstaunt, dass sie am

Stadttor von Lucignano, der Porta San Giusto, Eintritt bezahlen mussten. Man drückte ihnen eine farbige Broschüre in die Hand: *La maggiolata,* das Ginsterfest. Um 16 Uhr sollte der Umzug beginnen.

Es war Mittagszeit, noch flanierten nur einige Touristen in dem kleinen Städtchen.

Das *centro storico* war wie eine Ellipse angelegt, in konzentrischen Kreisen, als hätte ein Architekt einen Stein ins Wasser geworfen und auf den entstehenden Ringen seien Häuser gewachsen.

Ein Kleinod der Baukunst auf einer strategisch wichtigen Höhe im Tal der Chiana, an der Verbindungsstraße zwischen Arezzo und Siena.

Hellena und Alto bummelten durch schmale Gassen. Sie entdeckten, dass zwar alle Häuser mit Ginster, aber mit Fahnen unterschiedlicher Farben geschmückt waren. Schwarz-weiß, rot-blau, gelb-rot, gelb-grün. Jeder der vier Stadtteile hatte seine eigene Farbe. In der Broschüre fanden sie auch deren Namen. Ein Stadtteil hieß »Via dell'Amore«.

Sie kehrten in der *Osteria da Toto* ein und bestellten einen Kaffee und zwei *tramezzini con prosciutto crudo.* Von Ferne waren immer wieder Trommeln zu hören.

Wenn man einen der konzentrischen Kreise des Städtchens durchschritten hatte, musste man nur eine Gasse höher gehen, um einen weiteren Rundgang zu beginnen. Bis man schließlich am höchst gelegenen Punkt das Rathaus und die Kirchen »Collegiata« und »S. Francesco« erreichte.

Im Museum von Lucignano betrachteten sie den *Albero*

d'oro, den goldenen Lebensbaum, eine über zwei Meter hohe Reliquie in Form eines Baumes. 120 Jahre dauerte die Anfertigung, die Reliquie wurde erst 1471 von einem sienesischen Goldschmied vollendet. Die zwölf Äste des Baumes sind verziert mit Korallen und Bergkristallen, Weinblättern und Medaillons, an der Spitze ein Christus am Kreuz mit einem Pelikan, der sich in die eigene Brust pickt.

Die Trommeln wurden lauter. Schon sahen Hellena und Alto erste Musikgruppen in Kostümen. Standarten, Ritter in mittelalterlichen Gewändern zu Pferd, Fahnenschwinger, die ihre Fahnen hoch in die Luft warfen und geschickt wieder auffingen. »Glück gehabt«, sagte Alto, »wir kommen gerade richtig zum Höhepunkt des Ginsterfestes.«

Lucignano erwachte aus dem Mittagsschlaf. Mit einem Mal tauchten von überall Menschen auf, schon waren die besten Plätze an der Kollegiatskirche oberhalb der Piazza del Tribunale besetzt. Von hier würde man den Umzug gewiss gut sehen können.

»Spiele und Spielzeuge«, so hieß das Motto der Maggiolata 2010. Zu diesem Thema schickte jeder der vier Stadtteile einen aufwendig geschmückten Wagen ins Rennen. Die dargestellten Figuren waren mit Blumen reich verziert. Ein riesiger Pinocchio, dessen lange Nase über den vierten Stock der Häuser ragte. Gefolgt von einer fetten Gans aus dem bei Kindern so beliebten Gänsespiel. Danach eine Prinzessin mit einem Blumenfüllhorn. Auf dem vierten Wagen ein radelnder Junge in blauer Schuluniform mit kreisrunder Brille und kecker Mütze. Alle Wagen wurden begleitet von Folkloregruppen in prächtigen Kostümierungen, mit Gesängen und Musik aller Stilrichtungen, beklatscht von Hunderten von Besuchern.

Vor den Stadttoren gab es Buden mit kulinarischen Genüssen, alle Geschäfte waren geöffnet. Junge Männer aus den vier Stadtteilen traten zum Wettlauf gegeneinander an, es ging auf einem der konzentrischen Kreise einmal über die Hauptgasse. Die Spielmannszüge und folkloristischen Vereine kamen aus vielen Regionen Italiens.

Die Stimmung in den engen Straßen, durch die die hoch aufragenden Wagen gezogen wurden, war großartig. Am Ende des Umzugs, der drei Runden durchs Städtchens machte, würde die beste Darstellung prämiiert werden.

Aus allen Fenstern schauten Einwohner dem Treiben zu und bejubelten die liebevoll gestalteten Nostalgien. Kinder liefen neben den Wagen und sammelten die Bonbons ein, die ihnen zugeworfen wurden.

Eine Truppe von älteren Swingmusikern brachte die Stimmung zum Höhepunkt. Wer da nicht mitwippte ...

Alto schoss ein Bild nach dem anderen. *Vielleicht schicke ich Hellena später die Datei mit meinen Fotos, wenn sie schon keine Lust zu fotografieren hat.*

Als sie wieder im Wagen saßen, studierte Hellena die Karte.

»Wo könnten wir jetzt noch hinfahren?«, fragte sie.

»Nach Hause«, erwiderte Alto, »ich koch uns was.«

»Nö, noch nicht nach Hause!«, bettelte Hellena. »Wir sind doch gerade so schön *on the road*.«

Cortona

Es war nicht einfach gewesen, das Haus von Kristina Jander in Cortona zu finden. Hellena hatte ihren Romeo auf dem Parkplatz am Ortseingang abgestellt und war im Zickzack durch das Bergstädtchen gelaufen. Weder die Ausblicke auf das Land und den *Lago Trasimeno*, noch die alten Häuser und kleinen Plätze, die verwinkelten Gassen und üppigen Blumengärten fanden ihr Interesse. Kristina hatte ihr zwar die Lage ihres Sommerhauses beschrieben, aber es lag so versteckt, dass Hellena mindestens dreimal daran vorbei gelaufen sein musste.

»Als ich seinen Jaguar gesehen habe, wusste ich, dass es mit meiner Ruhe vorbei ist. Der lässt nicht locker!« Hellena nahm das Glas Wasser, das Kristina vor ihr auf den Terrassentisch gestellt hatte, und leerte es in einem Zug. Was für ein glücklicher Zufall, dass ihre Freundin sich für zwei Wochen in Cortona zum *downing*, wie sie es nannte, eingefunden hatte.

»Bisher hat er es immer geschafft mich zu finden. Ich weiß nicht, wo ich mich noch verstecken könnte. Wahrscheinlich hat er mit einem Trick meine Eltern oder Robert, ja, wahrscheinlich hat er sich an meinen Bruder ...« Hellena dachte an Robert, der sich nicht mehr gemeldet hatte. »Ich gehe doch schon nicht mehr an mein Handy, weil ich Angst habe, Trevor könnte dran sein. Wie ich ihn kenne, hat er bald auch meine neue Nummer ausspioniert.«

Kristina hatte ihr angeboten, bei ihr in Cortona zu wohnen. Sie würde schon darauf aufpassen, dass ihr Trevor nicht zu nahe komme. Und sollte er doch auftauchen ... »Ich habe einen guten Draht zum *commissario*.«

»Das wird nichts helfen. Davon lässt Trevor sich nicht abschrecken. Sobald ihn jemand in die Schranken weisen will, steht er da mit seinem Lausbubengesicht und sagt, er habe doch gar nichts getan.«

»Aber was will er denn eigentlich von dir?«, fragte Kristina: »Ihm muss doch klar sein, dass du nicht mehr mit ihm arbeiten wirst.«

»Er möchte ein letztes Gespräch, ein letztes Treffen, ein letztes Projekt. Nach all den Jahren sei ich ihm das schuldig. Ohne mich könne er nicht arbeiten ...«

»Unsinn, du bist ihm gar nichts schuldig, Hellena.«

Sie hatte ihren Laptop mitgebracht und Kristina eine Auswahl von dreißig Steinbildern gezeigt, die sie in der Toskana aufgenommen hatte: Brunnen, Brücken, Burgen, Grabmonumente, Kirchen, Klöster, Skulpturen, Felswände, Findlinge, Landschaftssteine.

Kristina war begeistert und versprach, sich im Verlag dafür einzusetzen, dass Hellena einen Bildband mit dem Titel: *Die steinerne Toskana* machen könne. »Du hast dich wirklich in die Steine verliebt«, sagte Kristina.

Auf einem Rundgang durch die Stadt wollte sie Hellena weitere Motive zeigen, aber die zog es vor, nicht das Haus zu verlassen.

»Dann stell wenigstens deinen roten Alfa in meine Garage. Der zieht Trevor ja geradezu an.«

Es dauerte eine ganze Weile, bis sie die Wagen rangiert hatten. Der Garagenplatz war äußerst eng. Was nicht gerade zur Beruhigung von Hellena beitrug.

In Gegenwart von Alto hatte sie sich einigermaßen sicher gefühlt, aber jetzt ... Sollte sie auf das Angebot von Kristina eingehen? Dann müsste sie auf ihren geliebten Romeo verzichten, um Trevors Nachstellungen zu entgehen. Denn sobald sie damit durch die Lande fuhr ... Da war sie auf der entlegenen Fattoria schon besser aufgehoben.

Kristina bereitete in der Küche einen grünen Salat mit Erdbeeren und Ricotta vor und bat Hellena, den Weißwein aus dem Eisschrank zu holen und die Flasche zu öffnen.

Sie aßen auf der Terrasse. *Was Alto wohl jetzt macht?*, dachte Hellena, ihr hatte die gestrige Ausfahrt trotz der Anspannung gut gefallen. Am Abend hatten sie noch lange zusammen gesessen und die Stationen ihres Ausflugs Revue passieren lassen.

»Ich werde Trevor ganz weit wegschicken«, sagte Kristina Jander, »am besten nach Transsylvanien.«

Sie lachte und steckte Hellena damit an.

»Oder nach Feuerland, wenn er schon so für dich brennt.«

»Warum nicht zu den Sioux!«, setzte Hellena nach. »Da kann er das Kriegsbeil vergraben.« Obwohl ihr überhaupt nicht zum Scherzen war, machte sie das kleine Spielchen mit. Auf den Mond, den Mars, ab ins nächste Universum ...

Die beiden Frauen malten sich aus, wohin sie ihn am liebsten schicken würden.

»Ich weiß auch schon einen Fotografen für ihn. An dem wird er sich die Zähne ausbeißen. Giovanni, ein dreister *womanizer*, der hat noch jedem Kollegen die Frau ausgespannt.«

Kristina nahm ihr Handy und wählte Trevors Nummer.

Sie legte ihren Finger auf die Lippen und bedeutete Hellena, sich jetzt nicht bemerkbar zu machen.

Es dauerte eine Weile, bis er ranging.

»Oh, is that Trevor Hounslow? This is Kristina Jander speaking - from London.«

Ja, er sei es selbst.

Wo er sich gerade befinde?

Er sei in Süddeutschland.

Kristina schüttelte den Kopf. Auch noch ein schlechter Lügner, dieser Verfolger ihrer Freundin.

Ob er gegenwärtig zur Verfügung stehe?

Ja, er sei frei. Worum es sich denn handele?

Sie habe gerade erfahren, dass ein Kollege in Chile sich eine schwere Infektion zugezogen habe und deswegen den Auftrag nicht erfüllen könne ... ob er den Job übernehmen wolle ... es sei eine achtseitige Reportage über einen Fischkonzern, der mit dem Einsatz verbotener Chemikalien Lachsaufzucht in großem Stile betreibe ...

Trevor war interessiert. Er fragte, wann der Job beginne.

»Yesterday. Take the next flight, I'll mail you all the details.«

O.K.

Dann sprachen sie über die Bezahlung und Reisespesen. Kristina garantierte ihm eine anständige Summe und nannte ihm den Fotografen Giovanni Pozzo, mit dem er noch nie zusammen gearbeitet hatte. Fragte, ob das ein Problem sei.

»*No, that's no problem at all.*« Ob sie wisse, wo er Hellena finden könne, wollte Trevor wissen.

»*Oh, Hellena*«, sagte Kristina und machte eine lange Pause, »*never talked to her for ages!*« Sie hatte ihr Handy laut gestellt und zwinkerte ihrer Freundin zu.

Als das Gespräch beendet war, sagte sie: »So, den bist du los!«

Hellena dankte ihr. Wie sie das wieder gut machen könne?

»Trevor wird bald merken, dass das ein Job ist, der ihn an die Grenzen seines journalistischen Könnens bringen wird.«

Hellena stutzte.

So hatte sie Kristina noch nicht kennen gelernt. »Aber den Auftrag hast du nicht erfunden, oder?«

»Keine Bange. Wir sind schon lange an dem Thema dran, aber es traut sich keiner mehr da runter. Wenn jemand mit einer Kamera auftaucht oder zu viele dumme Fragen stellt ... genau das Richtige für deinen Trevor.«

Zwei Stunden und einige Glas Wein später erzählte Hellena, dass sie bei diesem englischen Kollegen den wohl größten Fehler ihres Lebens begangen habe.

»Wir haben viele Jahre zusammen gearbeitet, drei wirklich schöne Bildbände gemacht. Was ich aber nie bemerkt habe war, dass er sich peu à peu in mich verliebt hat.«

»Das merkt man doch, Hellena! Das kannst du mir nicht weismachen!«, wandte Kristina ein.

»Ich habe es nicht gemerkt. Jedenfalls anfangs nicht. Später fand ich es spannend. Ich hatte in Trevor immer einen Kollegen gesehen, der sich alles zutraut, der auch in brenzligen Situationen, und von denen gab es reichlich ... Erinnerst du dich, wie wir am Ganges beinahe zu Tode getrampelt worden wären?«

Kristina kannte die Geschichte. Hellena und Trevor arbeiteten in Haridwar im Norden Indiens, beim Kumbh Mela-Fest, dem rituellen Bad im Ganges, das alle zwölf Jahre stattfand, zu dem Millionen von Hindus kamen. Nur knapp konnten die beiden sich in Sicherheit bringen, als es zu einer Massenpanik kam.

»Als ich Trevors Zuneigung bemerkte, war es *flattering*, es hat mir geschmeichelt. Aber es war nichts.«

»Und dann? Wann ist es passiert?« Kristina stellte ihr Glas ab und schaute Hellena lange an.

»Als wir zusammen in Cusco waren. Bei einer Sonnen - zeremonie der Inkas. Ein unglaublicher Tag. Auf 4000 Metern Höhe, ein Wahnsinnslicht, ein Schauspiel voller Farbenpracht. Nicht von dieser Welt, fast zu schön, um es zu fotografieren. Ich war betrunken allein von den Bildern und gut, wir haben auch ein paar Glas *Chicha* zu uns genommen, und im Hotel ist es dann passiert. Ich wollte es und er hat nur darauf gewartet. Wie oft hab ich diese Nacht verflucht! Wie oft! Ab da war Trevor wie ausgewechselt. Ich habe ihm am Ende unserer Reise gesagt, das sei eine einmalige Sache gewesen, nicht von Belang. Aber er hat es nicht wahrhaben wollen ... und seitdem stellt er mir nach.«

»Hast du dich denn nicht mit ihm ausgesprochen?«, wollte ihre Freundin wissen.

»Ein Mal? Hundert Mal! Ich habe ihm deutlich zu verstehen gegeben, dass er sich eine Beziehung mit mir abschminken könne. Ich habe es drastisch gesagt, brutal, vorsichtig vermittelnd, mit allen Ausdrücken und in allen Sprachen, die mir zur Verfügung stehen. Nichts zu machen. Er verfolgt mich, will unbedingt in meiner Nähe sein und mit mir, nur mit mir, arbeiten. *We are an ideal couple!* Das sind seine Worte. Er hat sogar Redakteure eingespannt, denen er vorgelogen hat, ich sei mit diesem oder jenem Auftrag gemeinsam mit ihm einverstanden. Die fielen aus allen Wolken, als sie von mir erfuhren, dass ich keinesfalls mehr mit Trevor auf eine Auslandstour gehe.«

Hellena konnte die Tränen nicht verhindern, die über ihr Gesicht liefen. Es waren Tränen der Wut.

Alto stand in der Backstube und formte Finger, Augen, Füße, Herzen, Halbmonde und Kätzchen aus der Teigmasse.

Die Mitarbeiterinnen der Fattoria schauten ihm dabei zu und lachten.

Ab und zu verzog Alto das Gesicht, wenn ihm wieder eine neue Idee gekommen war, was er aus dem Teig der *viallini* formen könnte.

Das mürbe Gebäck bestand aus Rosinen, Pinienkernen, Olivenöl, *vin santo*, Eiern und Mehl.

Die Frauen nannten Alto die italienischen Worte für seine Gebäckerfindungen. Eine wunderbare Möglichkeit, die Sprache zu erlernen.

Am Morgen hatte er mahlen gelernt. An der alten Steinmühle, die die Franziskanermönche von La Verna der Fattoria geschenkt hatten.

Zwei Mühlsteine, zwischen denen das Korn zerdrückt wird, der untere steht still, wenn der obere sich dreht. Ein uraltes Verfahren. Mittels verschiedener Siebe wird Vollkornmehl oder feines Mehl hergestellt.

Alto hatte Sack um Sack gefüllt und sich erklären lassen, dass das besonders fein gesiebte Mehl früher von den Bauern »als Luxus der Bessergestellten« betrachtet wurde. Sie konnten es sich nicht leisten, die gröberen Teile des Mehls wegzuwerfen.

Altos Handy vibrierte.

Mit vom Teig klebrigen Fingern holte er es aus dem weißen Kittel, den er bei der Arbeit tragen musste.

»Sie haben eine neue Nachricht.«

Karla.

Er entschuldigte sich für einen Augenblick, verließ schnell die Backstube und trat ins Freie.

Alto hielt einen Moment inne. *Willst du das wirklich lesen?* Ihm blieb nichts anderes übrig.

Dann drückte er die Taste.

»Dringend anrufen, wenn du das liest. Ich warte! K.«

Alto sog tief Luft ein. *Hört das denn nie auf? Kann ich nicht mal ein paar Tage unbeschwert* ... Ob er erst morgen ...

Er wählte Karlas Nummer.

Sie war sofort dran.

»Alto, gut, tut mir leid, aber ...«

»Karla, was gibt's?«

Es verstrichen einige Sekunden, bis sie antwortete.

»In deiner Post ist ein Drohbrief!«

»Wie bitte?«

»Ein Drohbrief, wie ich es sage.«

»Aber du hast Max doch ausgezahlt, oder?«

»Natürlich hab ich das.«

»Karla, bitte, das ist ganz wichtig. Hast du ihm das Geld gegeben oder nicht?«

»Ich hab ihn bezahlt, auch wenn ich das für eine Dummheit halte.«

»Und warum kommt dann ein Drohbrief?«

Alto schaute in die Backstube. Schon formten die Frauen selbst ein paar witzige *viallini*. Heute Abend, wenn die lange Tafel unter dem Feigenbaum gedeckt werden würde, wollten sie die Gäste damit überraschen.

»Ich weiß es nicht«, sagte Karla nach einer Pause.

»Was steht drin?«

»Ein paar Sätze, Blockbuchstaben: Offene Rechnungen müssen bezahlt werden – Abtauchen gilt nicht – Letzter Termin: Samstag, 20 Uhr. Gezeichnet: Die Freunde von Max.«

»Dann muss ich nach Stuttgart kommen. Hilft ja wohl

nichts, oder?«

Er haderte mit sich, dass er diesen Satz zu Karla gesagt hatte. *Ich will nicht zurück! Ich will nicht zurück!* Die Fattoria, die neuen Erfahrungen, die kleinen Fluchten, Hellena, ja auch Hellena war ein Grund, nicht so schnell wieder abzureisen ...

Bevor er in die Backstube zurückkehrte, zündete er sich eine Zigarette an.

Der Drohbrief würde Folgen haben.

Monterchi

Vorhang auf für eine Schwangere. Nicht irgendeine Schwangere. Eine schwangere Muttergottes.

Zu beiden Seiten Engel, die den Betrachter mit ernsten Mienen anblicken. Sie sind in entgegengesetzten Richtungen angeordnet und gleichen einander. Der eine im roten Gewand, mit grünen Strümpfen und grünem Flügel, das Gewand des anderen ist grün, Strümpfe und Flügel sind rot.

Die Engel halten den Vorhang auf. Für eine schwangere Frau, die dem Betrachter zu sagen scheint: Seht her, ich trage Gottes Sohn in meinem Leib! Der in sich verlorene Blick irritiert. Ahnt Maria schon das Schicksal, das ihrem Sohn bevorsteht? Mit einer Hand deutet sie auf die Frucht des Leibes, mit der anderen stützt sie sich in der Hüfte ab. Sie wirkt gelassen und selbstbewusst.

Vorhang auf für eine schwangere Frau, deren rosige Wangen einen beinahe überheblichen Mund einrahmen. Kein Gold, kein Prunk, keine Verklärung. Das blaue Kleid springt in der Mitte auf, um die bevorstehende Geburt anzudeuten.

Alto und Hellena waren nach Monterchi gefahren. Sie standen in dem ehemaligen Schulgebäude und sahen sich die *Madonna del Parto* von Piero della Francesca an. Zweifellos eins seiner Meisterwerke.

Hellena hatte eingewilligt, dieses Mal auf dem Sozius der BMW-Maschine Platz zu nehmen, nachdem Alto ihr einen Helm für die Fahrt besorgt hatte. Ich fahre auch ganz vorsichtig, waren seine Worte gewesen, als sie aufgestiegen war.

Und dann war er losgebraust.

Was ihr durchaus gefiel.

Alto hatte Hellena von Piero della Francesca und dem Bild im Dom von Arezzo erzählt. Er nannte ihn den Maler seiner Schwester.

Die *Madonna del Parto* ging wahrscheinlich auf den Tod von Pieros Mutter Romana im Jahre 1459 zurück. Sie stammte aus Monterchi. Ihr Sohn hatte in sieben Tagen dieses Bild in der Abtei der Kirche *Santa Maria di Momentana* gemalt.

»Mir kommt sie eher zögerlich vor«, sagte Hellena, »als habe sie Angst vor der Zukunft.«

»Findest du?«, erwiderte Alto.

»Sie schlägt die Augen nieder. Ist sich durchaus ungewiss, was sie erwartet.«

»Aber ihre Haltung finde ich eher stolz.«

»Dann würde sie uns direkt anschauen, wie es die beiden Engel tun«, sagte Hellena.

»Der Abt von La Verna sagte mir, die Kirche hätte lange Zeit Probleme mit dem Bild gehabt. Mit Sicherheit ist dies in seiner Epoche die einzige Darstellung einer schwangeren Mutter Gottes gewesen.«

»Piero della Francesca stellt sie als eine bürgerliche Frau dar, kein übermenschliches, verklärtes Wesen. Mir ist schon klar, warum die Popen das Bild nicht mochten. Besteht die katholische Kirche nicht auf dem Dogma der Unbefleckten Empfängnis? Diese Maria scheint ihr Kind nicht unbedingt vom Heiligen Geist empfangen zu haben.«

Im Nebenraum sahen sie sich einen Videofilm über die Lebensgeschichte des Malers an, dem man überall in der Provinz Arezzo begegnete. Sie erfuhren auch einiges über die *Madonna del Parto*. Wie oft das Bild von einem zum anderen Ort transferiert wurde. Wie es 1910 von einem Herrn namens Fiscali renoviert wurde, der eigenmächtig ein weiteres Tuch hinzu gemalt hatte. Warum es nicht in einer Kirche steht. Und dass während des Zweiten Weltkriegs der Bürgermeister von Monterchi Einwohner in eine Uniform gesteckt habe, die den heranrückenden Truppen signalisieren sollten, die Stadt sei schon besetzt. Er hatte Angst, dass das wertvolle Bild Opfer eines Raubes oder einer Brandschatzung werden könne. 1954 sollte die *Madonna del Parto* für eine Ausstellung in Florenz ausgeliehen werden. Weil die Stadtoberen aber Angst vor dem möglichen Widerstand der Bevölkerung gegen die Entfernung des Bildes hatten, verweigerten sie die Leihgabe. Die *Madonna* gehöre nach Monterchi.

Nach dem Film gingen die beiden noch mal in den abgedunkelten Raum, in dem hinter einer Glasscheibe das Gemälde zu sehen war.

»Das mache ich immer so«, sagte Hellena. »Ich schaue mir manches Bild ein zweites und drittes Mal an, um meinen Eindruck zu überprüfen und ihn dabei zu festigen.«

Nun betrachtete sie die Kopfbedeckung der Madonna, ihr geflochtenes Haar mit weißen Seidenbändern. Nicht mal der Heiligenschein war in Gold ausgemalt, wie es die festgefügte Tradition der damaligen Epoche war, sondern wurde durch eine dunkelbraune Ellipse angedeutet.

»Wahrscheinlich haben die Kirchenoberen erkannt, dass Piero della Francesca den Madonnenmythos neu interpretiert und die ganze Verklärung weggelassen hat«, sagte Hellena. »Das dürfte ihnen nicht gefallen haben.«

Obwohl sie kein Freund von Kunstpostkarten war, kaufte sie zur Erinnerung drei Ansichten: die beiden Engel in ihren farblich komplementär gehaltenen Gewändern, deren Gesichter ihr jetzt fast bäuerlich vorkamen, und das Bild der Hauptperson, einer Frau, die zum Zeitpunkt der Entstehung des Gemäldes den traditionellen Vorschriften enteilt.

Alto erzählte ihr von dem Denkmal in Sansepolcro, wo er einen äußerst selbstsicheren Maler fotografiert hatte. »Der hatte bestimmt keine Angst vor der Zukunft.«

Dann setzten sie sich auf die BMW und fuhren nach Anghiari. Dieses Städtchen wollte Hellena ihm unbedingt zeigen. Als sie mit George dort gewesen war, hatten sie trotz der frühmorgendlichen Kälte und der Enttäuschung wegen des ausgebliebenen Spektakels einen Rundgang gemacht, der Hellena sehr gefallen hatte.

Nun war es später Nachmittag.

Die Sonne brannte heiß und sie waren froh, dass auf der Anhöhe von Anghiari ein leichtes Lüftchen ging.

Das Kellergewölbe des *Ristorante da Alighiero* war mit leeren Flaschen dekoriert, auf verschiedenen Regalen an der Wand standen sie: Tignanello, Sassicaia, Amarone, klangvolle Namen für Gourmets. Dazu ein Glasballon, aus dem Äste mit Weinkorken ragten.

»Jede dieser Flasche könnte eine Geschichte erzählen«, sagte Alto, »schade eigentlich, dass wir sie nicht hören können.«

Bei ihrem Rundgang durch die Altstadt von Anghiari war es ihnen so vorgekommen, als seien sie ins Mittelalter eingetaucht. Eng sich aneinander schmiegende Häuser, Treppchen und Gässchen, eine Bastion aus dem 12. Jahrhundert. 1440 wurde das Städtchen zum Schauplatz einer Entscheidungsschlacht zwischen Mailand und Florenz. Leonardo da Vinci bekam den Auftrag, den florentinischen Sieg festzuhalten. Sein monumentales Schlachtgemälde im Palazzo Vecchio wurde nie vollendet und später weitgehend zerstört. Im *Museo della Battaglia di Anghiari* kann man Skizzen und Studien zum berühmten Wandbild besichtigen: schwere Waffen, behelmte Krieger, halbe Pferde.

Alto und Hellena studierten die Speisekarte, die Silvia ihnen gebracht hatte. Eine deutsche Köchin, die vor vielen Jahren der Liebe wegen das Land verlassen hatte und mit ihrem Mann Gianni das Restaurant betrieb.

»Ich gehöre zu den Menschen, die an einer Speisekarte scheitern«, sagte Hellena, »bestell du für mich mit. Du bist der Experte.«

Alto lachte. »Und ich gehöre zu den Gästen, die am liebs -

ten von allem ein wenig probieren. Ich sehe mindestens drei, vier Gerichte, die mich reizen würden.«

Sie einigten sich darauf, unterschiedliche Gänge zu bestellen, um von möglichst vielen Gerichten zu kosten. Kleine Portionen bitte.

Hellena überließ es Alto, die Speisen auszuwählen. Was ihm durchaus nicht leicht fiel. Deutsche und italienische Küche schienen eine wunderbare Kreuzung eingegangen zu sein.

Schon das *amuse gueule* war ein Genuss: gekochte Rote Beete mit Schalotten, Ricotta und Petersilie püriert auf einer kleinen Scheibe selbst gebackenem Brot.

Gianni empfahl ihnen einen Sangiovese-Wein aus der Region Arezzo. »Dazu eine große Flasche Wasser ohne Kohlensäure und bitte nicht kalt«, bat Hellena.

Als er den ersten Schluck probierte hatte, der Wein musste noch etwas atmen, sagte Alto: »Wahrscheinlich wird das heute unser letzter Abend sein.«

Hellena setzte das Glas ab. »Wieso?«

»Lass uns erst mal trinken.« Alto hob sein Glas, sie prosteten sich zu. Mit einem Mal war Hellena blasser geworden.

»Du kannst doch in *La Torre* noch ein paar Tage wohnen und dann wollte man dir eine Unterkunft in Castiglion Fibocchi besorgen ...«

Ihre Hand zitterte leicht, als sie das Glas abstellte.

»Das war der Plan ...«, begann Alto leise.

Er unterbrach sich.

»Ist was ... mit dem Lokal ... mit Max ... was ist, Alto?«

Er verspürte wenig Lust, Hellena den Abend mit dieser durchaus bedrohlichen Geschichte zu vermiesen, aber dummerweise hatte er es gesagt. Ein wenig musste er den Vorhang lüften.

»Wir, das heißt ich habe einen Drohbrief bekommen.«

»Einen Drohbrief? Von wem?«

Alto versuchte, die Geschichte nicht aufzubauschen.

»Ich gehe davon aus, dass Max das von Karla, also von mir gezahlte Geld nicht weitergegeben, sondern längst schon verzockt hat. Und nun halten sich seine sogenannten kroatischen Freunde an mich.«

Silvia trug die ersten *Antipasti* auf: eine Suppe von Graupen und Fenchel in kräftiger Brühe und einen Salat von Hühnerleber, Radicchio in Balsamessig und einer Bruschetta mit pürierter Leber.

In der Mitte tauschten sie die Gerichte, genossen die Vorspeisen und schwiegen sich an.

Kaum waren die Teller abgetragen, fragte Hellena. »Und was ändert das für dich, Alto? Willst du etwa mit diesen Ganoven Kontakt aufnehmen und ihnen noch mal das Geld zahlen?«

»Ich weiß es nicht, Hellena. Keine Ahnung. Aber ich habe ein ganz schlechtes Gefühl dabei.«

Alto hatte es vermieden, ihr die ganze Wahrheit über Max und seine Spielsucht zu erzählen, wie lange sein Freund ihn schon betrogen und sich immer tiefer in Schulden verstrickt hatte.

»Bleib doch wenigstens ein paar Tage, dann verlassen wir zusammen ...« Hellena schürzte die Lippen und lächelte dabei. »Was rede ich da? Das musst du ja ganz alleine entscheiden ...«

Silvia brachte zwei weitere Gerichte: warmes Ricottapüree mit Trüffeln und einen Salat aus rosa gebratenem Kalbfleisch mit Walnüssen und Birnenstückchen, die in Olivenöl mariniert wurden.

Gianni hatte ihnen dazu einen Oreno Sette Ponti empfohlen, sehr kräftig und fruchtig im Geschmack.

»Nicht, dass du mich falsch verstehst, Hellena. Ich will hier nicht weg, ich fühle mich äußerst wohl und auch, was ich täglich lerne, das ist eine wunderbare Chance für mich, aber ich ...« Alto ließ den Satz unvollendet. Nach einer kurzen Pause fügte er an: »Lass uns von etwas anderem reden.« Er nahm sein Glas und stieß an das von Hellena. »Wie schön, dass wir uns begegnet sind!«

Hellena spürte den schweren Wein. *Wie bitte sollen wir nach Hause kommen?*

Nach dem nächsten Gang, Gnocchi mit Steinpilzen und gebutterten Dinkelgraupen mit verschiedenem Gemüse, erzählte sie von Trevor. Dem verrückten Engländer mit dem pinkfarbenen Jaguar, dem draufgängerischen Journalisten, der sie oft auf Reisen begleitet und ihr manchmal in brenzligen Situationen beigestanden habe, dem Kollegen, der sich ihr immer wieder an die Fersen heftete, obwohl sie schon lange nicht mehr mit ihm arbeitete.

»Ein Stalker?«, fragte Alto.

»Er will nicht begreifen, dass ich nichts mehr mit ihm zu tun haben will. Ein sehr hartnäckiger Verfolger.«

Hellena verschwieg, dass sie Trevors Auto vor ein paar Tagen an der Autobahntankstelle gesehen hatte. *Vielleicht hat Alto recht*, dachte sie, *vielleicht ist er wirklich ein Stalker*.

»Aber nun ist er in Chile, ganz weit weg«, sagte Hellena, »lass uns darauf trinken.«

Sie prosteten sich zu. Jetzt lächelte sie.

In Chile, dachte Alto, *und ich muss nach Stuttgart zurück*. Im nächsten Leben wollte er die ganze Welt bereisen, so wie die Frau, die ihm gegenüber saß.

Nach Hause kommen wir nicht mehr, da war sich Alto ganz sicher. Wie sollte er jetzt noch Motorrad fahren .... Die Fahrt würde mehr als eine Stunde dauern.

Silvia brachte die Karte und empfahl zwei *dolce*. Hellena bestellte ein Sorbet aus frischer Mango. Alto lehnte ab, er wolle nur noch Kaffee, sehr viel Kaffee.

Er fachsimpelte eine Zeitlang mit Silvia, erzählte aber kaum etwas von seinem Bistro.

»Gibt es eine Möglichkeit hier zu übernachten?«, fragte Hellena. Sie zeigte auf die beiden leeren Weinflaschen.

»Ich denke schon«, antwortete Silvia.

»*Il giardino nascosto*«, der versteckte Garten, so hieß die Bed&Breakfast-Unterkunft, die ganz in der Nähe lag. In einem der schönen, alten Häuser in einer ruhigen Gasse. Hellena und Alto hatten Glück, denn in der kleinen Pension oberhalb der hohen Stadtmauer waren zwei Zimmer frei.

Zu jedem Apartment gehörten ein Salon und ein Schlafzimmer, beide liebevoll mit Antiquitäten eingerichtet.

Am nächsten Morgen frühstückten sie zusammen in Altos Salon. Lisa und Monica Dell'Omarino servierten Kaffee. Viel Kaffee. Und frische Croissants. Die beiden Schwestern waren nach Anghiari zurückgekehrt, um gemeinsam in ihrem Haus ein gastliches Bed&Breakfast zu betreiben.

Der versteckte Garten war ein wunderbarer Ort zum Ausspannen.

Am frühen Morgen hatte das Tibertal noch im Nebel gelegen, beim Blick aus dem Fenster waren nur einzelne Bäume zu sehen. Jetzt lag die Tiefebene im Sonnenlicht. Eine weite Landschaft in vielerlei Grüntönen: Wiesen und Felder, Zypressenalleen, bewaldete Hügel und Bergketten. Von hier oben konnte man auch die lange, schnurgerade Straße sehen, die seit dem 14. Jahrhundert Anghiari mit Sansepolcro verbindet. Genüsslich frühstücken bei solch einer Aussicht. So konnte der Tag beginnen.

Dennoch spürte Alto eine gewisse Traurigkeit. *Hoffentlich hilft der Fahrtwind, die trüben Gedanken zu verscheuchen.*

Hellena war bester Laune. »So gut habe ich lange nicht mehr geschlafen, aber«, ergänzte sie, »so viel Wein habe ich auch schon sehr lange nicht mehr getrunken.«

»*Chi non beve in compagnia, è un ladro o una spia*«, gab Lisa Dell'Omarino den beiden mit auf den Weg. Wer nicht in Gesellschaft trinkt, ist ein Dieb oder ein Spion.

La Verna

Er ist da!«, sagte eine Stimme.

Alto fuchtelte mit dem Arm, in der Hoffnung, den Wecker zu treffen und ihn auszuschalten.

»Er ist da draußen.«

Die Stimme ganz nah an seinem linken Ohr.

Es war nicht der Wecker.

»Alto, bitte wach auf!«

Hellena. Die Stimme gehörte zu Hellena. *Was macht sie in meinem Zimmer?*

Er öffnete die Augen. »Wer ist draußen?«

Anstatt zu antworten zog sie ihn aus dem Bett. Hinüber ans Fenster im ersten Stock.

Hinter den Büschen konnte er etwas erkennen. Pinkfarben. *Ziemlich scheußlich.*

»Bist du sicher?«, fragte er verschlafen.

Hellena hatte sich ein Betttuch umgeschlungen. Darunter war sie nackt.

»Ganz sicher. Das ist Trevor!«

Nach ihrer Rückkehr aus Anghiari hatten sich ihre Wege wieder getrennt.

Hellena ging fotografieren, es gab immer noch eine ganze Reihe steinerner Motive.

Alto half beim Beschneiden der Rebstöcke im Weinberg der Fattoria. Er hatte nicht überstürzt abreisen wollen.

Am Abend war sie zu ihm ins Haus gekommen. Als hätte Hellena etwas gespürt ...

Sie wolle nicht allein sein, hatte sie gesagt. Wollte sich von Alto bekochen lassen und war dann in sein Bett geschlüpft.

»Was machen wir?«, fragte sie verzagt.

»Geh vom Fenster weg!« Alto nahm Hellena in den Arm. Er spürte, dass sie am ganzen Körper zitterte.

Minutenlang verharrten sie.

Schweigend.

»Er hat meinen Alfa entdeckt ... wartet darauf, dass ich aus dem Haus komme ... Dann wird er mich stellen. Und wieder die gleichen Forderungen ...«

»Hast du nicht gesagt, er ist in Chile? Weit weg?«

»Das hatte ich gehofft ... Aber ein Trevor Hounslow lässt sich nicht einfach wegschicken ... Ich muss sofort mit Kristina reden.«

Sie schaltete ihr Handy an.

Wartete auf die Netzsuche.

Schon klingelte es.

Erschrocken warf sie es aufs Bett. »Das ist er!«

»Lass es klingeln«, sagte Alto.

Hellena hielt sich die Ohren zu, als läute es Alarm. Auf höchster Stufe.

Endlich verstummte das Handy.

Als Hellena es an sich nahm, begann es von neuem zu klingeln.

Unbekannter Anrufer, stand da. »Er hat meine Nummer«, schrie sie.

»Du kannst Kristina von meinem anrufen. Benutz dein Handy jetzt nicht.«

Alto reichte ihr das alte Nokia, nachdem er einen Blick auf das Display geworfen hatte. »Sie haben zehn ungelesene Nachrichten.« *Die bleiben ungelesen*, dachte er.

Während Hellena versuchte, Kristina Jander zu erreichen, ging er in die Küche und setzte Espresso auf.

Immer mal wieder schaute er aus dem Fenster. Der pinkfarbene Wagen rührte sich nicht vom Fleck. Leider gelang es ihm nicht, diesen spinnerten Engländer genauer zu betrachten. *Man müsste ein Fernglas haben,* dachte Alto.

Hellena war bereits angezogen, als sie in die Küche kam. Kristina wolle Trevor die Hölle heiß machen, dass er sich nicht sofort in Bewegung gesetzt hätte ... das würde Konsequenzen haben ... Die Redaktion habe fest mit ihm gerechnet ... unzuverlässige Mitarbeiter könne man nicht ...

»Was machen wir, Alto?«

»Kennt er deinen Bruder Robert?«

»Gesehen haben sie sich nicht, aber miteinander telefoniert. Das hat Robert mir erzählt.«

»Traust du dir zu, auf meiner BMW zu fahren? Nur ein kurzes Stück.« Alto schüttete einen Löffel Zucker in seinen Espresso.

»Ja ... nein ... du müsstest es mir zeigen ... warum soll ich ...« Hellena stockte.

Während sie ihren Kaffee tranken, erklärte ihr Alto, wie sie die Maschine starten konnte, sie brauchte nur den ersten Gang, wie sie um eine Kurve fuhr, nur ein einziges

Mal abbiegen, wie sie abbremsen konnte. »Gar nicht so schwierig, Hellena. Traust du dir das zu?«

»Aber er wird mich erkennen, Alto. Das klappt nie.«

»Du trägst meinen Helm ... und ...«

Alto reichte ihr ein rotes T-Shirt.

»Zieh das an.«

Hellena verstand nicht.

»Du musst jetzt raus und das Verdeck deines Romeos schließen. Dabei soll er dich sehen. Und binde dir dein buntes Tuch um den Kopf.«

»Ich geh nicht alleine da raus!« Hellenas Stimme war ganz leise geworden.

»Brauchst du auch nicht. Ich werde in meiner Motorradkluft neben dir hergehen und dir helfen. Damit er merkt, dass da auch noch ein Mann ist, nämlich ich..«

»Und dann?«

»Werden wir losfahren. Du auf der BMW und ich in deinem Romeo.«

Sie tauschten die Handys und Handynummern aus und personalisierten sie, so dass sie beide erkennen konnten, wer sie anrief. »Lass es einfach klingeln, Hellena. Nur wenn du meinen Namen auf dem Display siehst, gehst du ran.«

Hellena schaute auf die Maschine. Bloß ein paar hundert Meter, hatte Alto gesagt. *Das musst du schaffen.* Sie trug seine Motorradkluft und seinen Helm, der ein wenig zu groß für ihren Kopf war und startete die BMW. Ein sattes Geräusch.

Ein letzter Blick auf Alto, der hinter der Glasscheibe stand und ihr ermutigend zunickte. Mit dem Kopftuch sah er lächerlich aus.

Sein Mund formte den Satz: »Mach's gut!«

Ihr Herz klopfte bis zum Hals.

Sie musste am Jaguar vorbeifahren.

Trevor hielt ein Fernglas vor den Augen. *Spanner! Verdammter Spanner!* Am liebsten hätte sie vor dem Jaguar gestoppt und sich den Kerl vorgeknöpft.

Schon war sie an ihm vorbei.

Schaute er ihr nach?

Einmal um die Kurve und weg war sie.

»Dann woll'n mir mal«, sagte Alto. Er trug sein rotes T-Shirt, das Hellena vor ein paar Minuten noch übergestreift hatte.

Schon immer wollte er einen Alfa Romeo fahren. Unter diesen Umständen machte es ihm besondere Freude.

Hellenas Fahrweise zu imitieren, war gar kein Problem.

Als er auf den pinkfarbenen Jaguar zufuhr, hörte er, dass der Wagen gestartet wurde.

Na prima. Das hat geklappt.

Nun musste er das Tempo hochhalten.

Er hatte sich auf der Karte angeschaut, wie er am schnellsten in Richtung La Verna fahren konnte. Da oben kannte er sich aus. Genau der richtige Ort für ein kleines Stelldichein.

Sein Handy klingelte.

Hellenas Name tauchte nicht auf. Also ließ er es klingeln. Irgendwann wird es sich zu Tode geklingelt haben. Oder der Akku geht in die Knie.

Zu schnell darfst du nicht fahren, sonst verlierst du deinen Verfolger. Alto drosselte ab und zu das Tempo, bis er den Jaguar wieder im Rückspiegel sah.

Castelnuovo, Subbiano, Calbenzano. Die Strada Statale 71.

Gelegentlich ein gewagtes Überholmanöver, damit sein Verfolger auch ein bisschen Angst bekam.

Alto genoss die Situation.

Wann hatte sich ein Fahrer, der von einem anderen verfolgt wurde, derart wohl gefühlt.

In Rassina bog Alto mit einer scharfen Rechtskurve Richtung Fontanelle ab, ohne den Blinker zu setzen.

Nahm ein bisschen das Tempo raus. Der Jaguar schien die Abfahrt verpasst zu haben.

Mist!

Hellena stand neben der BMW, mitten in einem kleinen Waldstück. Erleichtert, dass es ihr gelungen war, das Motorrad heil zum Stehen zu bringen. Sie hatte den Helm auf den Sozius gelegt und die schwere Motorradkluft ausgezogen.

Wie kann man es in so einer Montur nur aushalten? Viel zu warm!

Was hat Alto mit Trevor vor? Er wollte es ihr nicht verraten. Wie würde Trevor reagieren, wenn er merkte, dass er reingelegt wurde? Er könnte durchaus gewalttätig werden, das traute sie ihm zu.

Hoffentlich passiert Alto nichts.

Sie hatte in der Nacht nicht mit ihm geschlafen, obwohl sie ihn begehrte. Aber den gleichen Fehler zweimal machen ... Lieber später, wenn sie sich wiedersehen würden. Und davon ging sie aus. Den Mann wollte sie wiedersehen. Unter allen Umständen.

Sie betrachtete die KT 1200 von allen Seiten.

Durchaus stolz, mit solch einer Maschine ein paar hundert Meter gefahren zu sein, ohne einen Unfall zu bauen. Sie hoffte, dass Alto nicht allzu kühn raste und ihren Romeo zu Schrott fuhr.

Noch war es zu früh, ihn anzurufen.

Schon wieder klingelte das Handy. Mit dem Namen auf dem Display konnte sie nichts anfangen.

Da ist er ja! Hat wohl schnell gewendet.

»Komm schon!«, rief Alto seinem Verfolger aufmunternd zu. »Zeig mal, was du unter der Haube hast.«

Der Jaguar E-Type war zwar ein Oldtimer, aber seine PS-Stärke ganz erheblich.

Hinter Chitignano begannen die Serpentinen.

Der reine Fahrspaß.

Alto erinnerte sich, wie er zum ersten Mal zum Kloster hinauf gefahren war.

Kurve schneiden, Reifen kreischen lassen, in den Rückspiegel schauen.

Was Hellena jetzt wohl macht? Hoffentlich hat sie meine Maschine ohne Probleme zum Stehen gebracht.

Er dachte an die letzte Nacht. Noch lange hatten sie vor dem Haus gesessen und sich ihr Leben erzählt. Wie zwei alte Bekannte, die sich einige Zeit nicht gesehen hatten. Als Hellena nachts zu ihm ins Bett kam, hätte er gerne mit ihr geschlafen. Aber er spürte ihr Zögern, obwohl sie .... Hatte das auch mit Trevor zu tun?

Alto war wieder ins Schwanken gekommen. Auf jeden Fall würde er so lange auf der Fattoria bleiben, wie er in *La Torre* wohnen konnte. Das stand jetzt für ihn fest.

Die Serpentinen wurden enger.

Abbazia La Verna, las er auf dem kleinen, blauen Schild.

Wie können Frauen es nur unter einem Kopftuch aushalten, dachte Alto, *viel zu warm*. Aber er machte keine Anstalten es auszuziehen.

Der Jaguar war außer Sichtweite.

Alto bremste ab.

Hellena tippte Altos Nummer ein.

»Ja!«, kam es knapp.

»Ist alles in Ordnung? Wo bist du?«

»Kurz vor dem Ziel. Hast du es überlebt?«

»Keine Sorge. Ich stehe hier im Wald und rühr mich nicht vom Fleck.«

»Kann etwas dauern, aber ich hol dich ab.«

»Danke!« Hellenas Stimme klang wieder fester.

Dann drückten beide die rote Taste der Handys. Fast gleichzeitig. Wie zwei Verschwörer.

Auf dem Waldparkplatz kamen die Wagen zum Stehen.

Alto wartete, bis der Verfolger ausgestiegen war.

Erst dann wollte er das Kopftuch abnehmen.

Ein hoch gewachsener Mann. Trotz der Wärme trug er ein wollenes Jackett. Auf seinem Gesicht ein breites Lächeln.

Alto beobachtete ihn im Rückspiegel. Dann drehte er das Seitenfenster herunter.

»*Oh sorry, I thought* ...«

Die Überraschung war perfekt.

Alto sprang aus dem Wagen und stellte sich direkt vor den Engländer, der sich wieder abwandte.

»*Nice to meet you, finally.*« Alto reichte ihm die Hand. »*I am Robert! Hellenas brother.*«

Trevor nahm sie. Zögerlich. Als erwarte er einen Schlag ...

Alto genoss, wie ihn der Engländer musterte.

Dessen Blick ging immer wieder zu dem roten T-Shirt und zu dem bunten Kopftuch, das jetzt auf dem Beifahrersitz lag. Männer, die Kopftücher tragen, *why not?*

Warum er ihn so dringend sprechen wolle, fragte Alto.

Er habe geglaubt, dass er auf Hellena treffe. »*I wanted to talk to your sister.*«

Aber die wolle nicht mit ihm sprechen, das wisse er doch. Oder?

Trevor machte einen Schritt zurück. »*Hellena owes me a couple of answers!*«

Die Antworten könne er sich am besten selbst geben, konterte Alto. Er blickte in das hochrote Gesicht. War das nun die Folge des wilden Rennens oder der peinlichen Überraschung?

»*Why is she so stubborn?*«

Sie wolle keinerlei Kontakt mehr mit ihm haben. Erst recht nicht, seit sie verheiratet sei, sagte Alto. Während der rasanten Wettfahrt hatte er sich etwas überlegt.

»*She is married?*« Trevor zog die Stirn in Falten. »*Since when?*«

Schon seit einiger Zeit, erklärte Alto. Trevor könne froh sein, dass er nicht auf den Partner von Hellena getroffen sei.

»*Why is that?*«

Sie sei eine gute Schützin.

»*She?*«

Conny habe schon einige Preise im Tontaubenschießen eingeheimst, also solle er sich gut überlegen, ob er noch mal in die Nähe von Hellena ...

»*She loves women?*«, vergewisserte sich Trevor.

Ob er das nicht gewusst habe?

Trevor verneinte.

Alto sagte, er wolle jetzt dem Abt einen Besuch abstatten. Und wünschte Trevor einen schönen Tag.

»*Thanks!*«, entgegnete der Engländer. Alto entdeckte Schweißperlen auf seiner hohen Stirn.

»*You are welcome!*«, antwortete Alto.

Er ging durch den Wald in Richtung Kloster. Stellte sich hinter hohes Buschwerk, um Trevor in Ruhe beobachten zu können.

Der Engländer stand neben seinem pinkfarbenen Wagen,

der nun ein bisschen blasser erschien. Er verpackte das Fernglas in eine Hülle.

Wo willst du jetzt hin, dachte Alto, seinen Verfolger nicht aus dem Blick lassend.

Als Hellenas Handy klingelte, unterdrückte er den Ruf sofort.

Hat Trevor etwas gehört?

Sah nicht so aus.

Ob er endlich kapiert hat ...

Alto war sich da nicht so sicher.

Der Engländer schloss seinen Wagen ab und ging über den breiten Spazierweg zum Kloster. Kann jetzt gewiss geistlichen Beistand gebrauchen, dachte Alto.

Als Trevor aus seinem Blickfeld verschwunden war, rief Alto Hellena an.

»Und, hast du ihn ...?«

»Dein Trevor ist jetzt weit weg!«

Hellena wollte wissen, wann Alto komme, um sie zu erlösen.

»Das wird noch etwas dauern, tut mir leid. Aber ich brauchte eine längere Strecke, um mir etwas einfallen zu lassen.«

Und dann erzählte er, was er Trevor vorgeflunkert hatte.

»Das hat er geschluckt?«, fragte Hellena.

»Kann ich nicht garantieren. Zumindest hat er sich für die Information bedankt.«

Er hörte Hellenas helles Lachen.

Schön, dass sie wieder lachen kann. Wenn er daran dachte,

wie aufgelöst sie am Morgen war ...

Nachdem sie das Gespräch beendet hatten, ging Alto zum Jaguar und ließ die Luft aus den Reifen. Aus allen.

Ein kleiner Gruß aus der Kinderzeit.

Trevor

Hätte nicht gedacht, dass die Jander mir einen Scoop zuschanzt. Und dass das einer wird, steht außer Frage.

Trevor Hounslow klärt auf: Wie Chiles Küsten versaut werden. Fischfäkalien, Farbstoffe, Antibiotika und Chemikalien - alles, was in Europa verboten ist, wird hier zur Produktion von Lachsen ins Meer gekippt. Die meisten der Fische werden aber bloß zu Fischfutter verarbeitet. Der Konzern, der weltweit operiert, produziert 100 Millionen Lachse pro Jahr. Für die Taucher ist die Arbeit in den riesigen Netzen ein Himmelfahrtskommando. Sie müssen in völlig verseuchtem Wasser arbeiten. Schon sind mehr als hundert Taucher verreckt.

Für diese Reportage krieg ich den nächsten Pulitzer. Der ist jetzt schon für mich reserviert.

Der Fotograf, den man mir mitgeschickt hat, ist ein Widerling. Blasierter, eitler Fatz, hat ein paar Prämien eingefahren und denkt, er sei der Beste. Und ständig hinter Weibern her.

Den Job darf ich mir nicht von ihm vermasseln lassen. Ich strafe ihn mit Nichtbeachtung. Dazu steht zuviel auf dem Spiel.

Wie sagte mein sardischer Großvater: Wenn dir einer das Wasser abgraben will, steck sein Haus in Brand.

Ich muss immer wieder an Hellena denken. Auf dem Flughafen Fiumicino habe ich mir ein Fläschchen Acqua di Parma gekauft, ihr Parfüm. Ab und zu besprühe ich meine Hand damit und kann von ihr träumen. Die Nacht in Cusco, immer gegenwärtig ...

Wie kommt sie dazu, mich derart belügen zu lassen? Als würde ich tatsächlich glauben, dass der Typ, dem ich gefolgt bin, ihr Bruder ist. Schließlich hab ich ihn ein paar Mal auf der Fattoria bei der Arbeit gesehen. Wie ein weitgereister Journalist sah er nicht aus. Eher wie eine Küchenschabe, die Handlangerdienste macht.

Warum bindet er mir einen Bären auf, Hellena sei verheiratet? Und dann auch noch mit einer Frau! Weiß der Typ denn nicht, wie verschwätzt unsere Branche ist? Wenn Hellena Rothermund eine Frau geheiratet hätte, wäre mir das zu Ohren gekommen, bevor die beiden die Ringe getauscht haben.

Was ich dem Typ nicht verzeihe ist, dass er mir die Reifen zerstochen hat. Dafür wird er bezahlen müssen. Und zwar erheblich.

Am liebsten hätte ich ihn gleich gestellt, aber dann kam der wütende Anruf von der Jander. Hat mir gedroht, mich in der Branche unmöglich zu machen. Weil ich den Job, den sie mir verschafft hat, noch nicht begonnen hatte. Wenn ich gewusst hätte, was für ein Scoop in Chile auf mich wartet ...

Musste meinen Wagen in eine Garage abschleppen lassen und habe den Auftrag gegeben, mir neue Reifen zu besorgen. Der Besitzer des Ladens hat mich für gutes Geld an den Flughafen nach Rom gebracht. Soll er auf die Rechnung setzen, die ich dem Typen von der Fattoria präsentieren werde.

Wenn mein Artikel über den Fischkonzern und seine kriminellen Machenschaften erscheint, wird Hellena mich in neuem Licht sehen. Nicht mehr nur ein Klassejournalist für harmlose Reisereportagen, sondern ein knallharter mud-digger. *So hat sie mich noch nicht gesehen.*

Trevor Hounslow erobert neues Terrain, das wird einer Hellena Rothermund imponieren. Bestimmt kommt sie mit, wenn ich zur Preisverleihung nach New York fliege.

Wenn ich nur wüsste, wie dieser Typ in dem Alfa wirklich heißt. Ich würde ihm ein paar Schläger auf den Hals hetzen, die der Küchenschabe die Beine ausreißen.

Hellena hat mit diesen Lügengeschichten nichts zu tun. Die hat sich der Typ alleine ausgedacht.

Hab genügend Wut im Bauch, mich persönlich an ihm zu rächen. Wenn meine Hellena die ganze Geschichte erfährt, wird sie sich schnell von ihm verabschieden. Die und eine Lesbe? Das wüsste ich aber. Hellena gehört mir!

Der Job in Chile ist so gut bezahlt, dass ich ein paar meiner Schulden loswerden kann. Nicht der schlechteste Grund ihn anzunehmen. Die letzten Wochen waren nicht gerade billig, von der Anschaffung der Peilsender ganz zu schweigen.

Wie sagte mein Großvater: Fürchte die Wut eines sardischen Bauern, seine Rache kommt über deine Familie bis ins dritte Glied.

Das Konzert

Hellena baute das Stativ auf. Das Sonnenlicht spiegelte sich in dem brüchigen Gestein. Kleine Grasbüschel und gelbe Blumen wuchsen aus schmalen Spalten.

Schwarzer Stein, der in hundert Blautönen schimmerte. Wie ein nächtliches Gewitter, wenn die Blitze zuckten.

Monti Rognosi hatte Hellena auf einem Schild gelesen. Als sie im Vorbeifahren diese Felsformation entdeckte, hielt sie an und schaute sich nach einem Parkplatz um, der von der Straße nicht einsehbar war.

Was für Farbenspiele! Dunkles Gestein, das leuchtete. *Ein Zufallsfund, mal wieder.*

Am frühen Morgen hatte sie sich von Alto getrennt, der in der Fattoria ein Menü vorbereiten half. Ein wenig mulmig war ihr immer noch. Deswegen beließen sie es bei dem Handytausch. Sie würde Altos Nokia eingeschaltet lassen und nur rangehen, wenn sie seinen Namen las.

Dann war sie in den Alfa gestiegen und losgebraust. Ihr Ziel war der Geburtsort Michelangelos. Aber auf dem Weg dorthin gab es immer wieder etwas zu entdecken.

So wie diese geologische Besonderheit. Gewiss waren Spuren von verschiedenen Metallen, Eisen, Kupfer, Mangan in diesem Felsgestein zu finden.

Hellena fokussierte einzelne Steinplatten, ging immer näher in die Details, bis die Kunstwerke der Natur ganz plastisch wurden. Sie war so versunken in dieses Schauspiel, dass sie erst nach längerem Läuten Altos Handy aus der Fototasche nahm.

Die Nummer kannte sie nicht.

Schnell steckte sie es wieder ein.

Nur ein paar Kilometer weiter stieß sie auf eine Brücke, die so schmal war, dass sie sich nicht traute darüber zu fahren.

Ponte alla Piera.

Eine alte Frau winkte ihr zu.

»*Vieni, vieni!*«, rief sie. Aber Hellena setzte lieber zurück.

Sie stieg aus, um die romanische Brücke zu fotografieren. Wie alt mochte sie sein?

Hellena dachte an ihre erste Begegnung mit Alto an der Brücke, die auf der Mona Lisa abgebildet war. Schade, dass er jetzt nicht an ihrer Seite war. Gemeinsam machte das Dandolieren, wie er es nannte, doch mehr Spaß.

Die alte Frau, die ihre Pflanzen vor dem Haus bewässerte, zeigte auf den kleinen Bach, über den die schmale Steinbrücke führte: »*Fiume Cerfone!*«

Hellena bedankte sich für die Auskunft.

Ob die Fotografin auch ein Bild von ihr machen könne?

Hellena nahm die Kamera vom Stativ, postierte die Frau in der Mitte der Brücke, ließ sie die Arme ausbreiten, ihre Fingerspitzen erreichten an beiden Seiten das Mauerwerk, und betätigte den Auslöser.

Wann habe ich das letzte Mal einen Menschen fotografiert, dachte sie. *Hab ich überhaupt schon ein Bild von Alto gemacht?*

Sie ließ sich von der Frau die Adresse aufschreiben und versprach, ihr einen Abzug zu schicken.

»*Grazie, mille grazie!*«

Die alte Frau half ihr durch Handzeichen, langsam, ganz langsam über die Brücke zu fahren. Es war Millimeterarbeit, beinahe hätten die Rückspiegel die Steinmauern touchiert.

»*Coraggio, Signora, ha bisogno di coraggio!*«

Hellena winkte aus dem Wagenfenster und brauste davon.

Alto war in seinem Element. Er stand in der Küche, umgeben von drei Köchinnen der Fattoria und experimentierte mit Zutaten. Der schönste Part seiner Profession. Er spürte, wie sehr er diese Arbeit in den letzten Wochen vermisst hatte.

»*Ma questo non va*«, sagte Adolfina. Das passe aber nicht zusammen, übersetzte Luisa.

Alto hatte gekochte rote Bohnen mit frischem Majoran püriert, Olivenöl und ein wenig Zitrone hinzugegeben und mit grobem Salz und einer Prise Chili abgeschmeckt.
Reihum probierten die Frauen. An ihren Gesichtern war abzulesen, dass Alto ihren Geschmack nicht getroffen hatte.

»Bitte sagt mir, was ihr anders machen würdet«, forderte er die Köchinnen auf. »Wir sind hier unter Kollegen«, er stockte, »Kolleginnen«, verbesserte er sich.

Vielleicht war ihm die Mischung doch zu scharf geraten.

Deswegen ersetzte er bei der nächsten Charge den Chili durch roten Pfeffer.

Auch diese Mischung entsprach noch nicht ihren Vorstellungen.

»Man könnte auch nur die Bohnen mit dem frischen Majoran und dem Olivenöl pürieren und die anderen Gewürze weglassen«, sagte Alto. Wieder übersetzte Luisa den Vorschlag. »Es kommt manchmal darauf an, etwas wegzulassen als es zu überwürzen.«

Alto hatte eine ganze Reihe von Pasten in seinem Stuttgarter Bistro ausprobiert. Brotaufstriche, die seine Gäste überraschen sollten. Immer wieder neue Kreationen, die als Gruß aus der Küche schon auf dem Tisch standen, wenn die Gäste eintrafen.

Altos Pasten waren so beliebt, dass manche Gäste sich die Rezepte geben ließen, um sie zu Hause nachzukochen: Hüttenkäse mit Apfel und Meerrettich püriert – geschmorte Karotten mit Kreuzkümmel und Knoblauch – rohe Rote Beete mit Gelbwurz und Crème fraîche – gedünsteter Kürbis mit Birne und Ingwer – schwarze Oliven mit Knoblauch und weißen Sesamkörnern.

Er suchte drei Pasten, die auf getoastetem Brot das Menü für die Genussakademie Frankfurt eröffnen sollten. Ein Gaumenkitzler zum roséfarbenen Prosecco.

»*Perchè non prendiamo i nostri prodotti?*«, fragte Adriana. Warum er denn nicht die Soßen der Fattoria nehme?

Die *Asparagina*, eine Soße aus grünem Spargel, Olivenöl, Pinienkernen – oder die *Carciofina* aus Artischocken, Olivenöl, Kapern, Weinessig, Zitronensäure, Oregano und Knoblauch. Die Fattoria bot eine große Auswahl von Soßen an.

»Liebe Adriana«, sagte Alto, »die Freunde von der Genussakademie kennen diese wunderbaren Soßen doch schon. Ich würde ihnen gerne etwas anderes anbieten. Diese Gäste lieben neue Kreationen und ich natürlich auch. So macht es allen Spaß, *non è vero?*«

Die Kunst der Crostini, wie sie in der toskanischen Küche gepflegt wurde, kannte keine Grenzen. Auch wenn manche traditionelle Köche meinten, es gebe nur eine kleine Anzahl von Variationen, die auf den Tisch kommen dürften.

»Ich habe immer gerne mit Zutaten experimentiert, auch auf die Gefahr, dass mal ein Gericht danebengeht«, sagte Alto, »allerdings gibt es in meinem Bistro keine Versuchs - chargen. Erst wenn ich das Gefühl habe, ich kann ein Gericht nicht besser machen, kommt es auf die Menükarte.«

Die Köchinnen der Fattoria probierten noch eine ganze Weile, was Alto ihnen kredenzte, dann stimmten sie ab.
Es sollte drei Soßen auf frisch gebackenem Brot geben: die hauseigene *Salsa Nera*, aus Hühnerleber, Olivenöl, Vin Santo, Kapern, Sellerie, Karotten, Sardellen und Salbei – Altos geschmorte Möhren mit Kreuzkümmel, Knoblauch, Peperoncini und roten Zwiebeln und seine Kreation von roten Bohnen mit frischem Majoran, Olivenöl und grobem Salz, ohne weitere Gewürze.

Alto hielt die nötigen Zutaten und Mengen auf einem

Notizzettel fest, der über der Arbeitsplatte mit einer Wäscheklammer festgeklemmt wurde.

Adolfina fragte, ob er denn auch die anderen Gerichte für den Abend mit der Genussakademie übernehme und was es da geben solle.

Alto lachte, noch wisse er nicht genau, was er kochen wolle, aber er habe schon eine ungefähre Vorstellung. »Aber ich bin auf eure Hilfe angewiesen, damit das ganz klar ist.«

Die Köchinnen sagten, sie freuten sich auf den Abend, warum nicht mal ein experimentelles Menü?

Auf der Fahrt nach Caprese Michelangelo, dem Geburtsort des Künstlers, hatte Alto angerufen, um sich zu erkundigen, ob alles in Ordnung sei. »Ich habe Kristina meine Nummer gegeben, sie will dich unbedingt erreichen. Wahrscheinlich ruft sie gleich nach mir an. Ich freue mich schon auf heute Abend.« Von seiner Arbeit in der Küche hatte Alto nichts gesagt.

Kristina Jander meldete sich tatsächlich als Nächste.

»Trevor hat mich angerufen. Er ist ein verdammt schlechter Lügner. Seine Mutter sei plötzlich krank geworden und deswegen habe sich seine Abreise nach Santiago de Chile verzögert, aber jetzt ...«

»Und er ist wirklich weg?« Kaum fiel sein Name wurde Hellenas Stimme zittrig.

Kristina lud sie ein paar Tage nach Cortona ein. Noch habe sie Urlaub und zusammen könnten sie bestimmt ein paar wundervolle Steinmotive entdecken.

Hellena hatte gesagt, sie werde es sich überlegen.

Erleichtert war sie nach Caprese Michelangelo gefahren. Zum wiederholten Male musste sie darüber schmunzeln, wie Alto ihren Verfolger hinters Licht geführt hatte. So, du bist also jetzt verheiratet, Hellena, ja, ja, mit einer Frau, Hellena, so, so, und die ist auch noch eine gute Schützin, aha. Da könnte es leicht passieren, dass Trevor vor ihre Flinte gerät, wenn er mal wieder versuchen sollte ...

Im Geburtshaus von Michelangelo waren Reproduktionen seiner bedeutendsten Werke zu sehen. Auch Kopien von seinen Skulpturen. Eine zeigte den Kopf des florentinischen David.

Noch war die Sonne nicht untergegangen, aber sie tauchte den Weinkeller bereits in orangenfarbenes Licht. Auf dem Podium davor hatte ein Ehepaar aus dem norddeutschen Bassum Platz genommen. Anette Behr-König, die Konzertmeisterin der Bremer Philharmoniker, spielte Violine. Ihr Mann Ulrich König, Mitglied der Deutschen Kammerphilharmonie Bremen, Oboe. Das Programm war so ausgefallen, dass die Gäste der Fattoria nicht genug davon bekommen konnten.

»Hast du schon mal so ein Konzert erlebt?«, fragte Hellena, fasziniert von dem Oboisten, dessen blonde Mähne im Takt schaukelte.

»Ich war in den letzten Jahren nicht ein einziges Mal in einem Konzert, sondern hab immer nur in meiner Küche gebrutzelt«, erwiderte Alto. Er hielt Hellenas Hand.

Vor dem Podium waren fünf lange Tafeln sternförmig aufgebaut, an denen die Gäste der Fattoria und Bewohner aus der Umgebung Platz genommen hatten.

Mit Mozarts *Marcia alla Turca* hatten die Königs das Programm eröffnet. Während die Violinistin unbeirrt das klassische Stück weiter spielte, intonierte die Oboe *Blackbird*, bis die Violine ebenfalls in den bekannten Beatles-Song einstimmte.

»Großartig«, sagte Hellena, »als ob die beiden musikalischen Geniestreiche aus dem gleichen Guss sind.«

Mozart und Beatles, so lautete der erste Teil des Konzerts, das im Hof der Fattoria gegeben wurde.

Antonio Lo Franco hatte die beiden Musiker als Freunde der Fattoria angekündigt, die – man glaube es kaum – am gleichen Tag im gleichen Jahr geboren worden seien.

»Eine schöne Legende«, sagte Hellena.

»Aber wahr!«, erwiderte Antonio.

Die musikalischen Könige steigerten sich in einen wahren Spielrausch. Das Publikum verlangte Zugaben.

»Wir wollen die leiblichen Genüsse nicht vergessen«, rief Antonio Lo Franco und bat die Gäste ans Büfett.

Das Ehepaar König musste in der Pause Autogramme geben und kam kaum zum Essen.

Hellena fragte, ob sie eine CD von ihnen erwerben könne.

Ulrich König bedauerte: »Wir spielen diese Programme nur live. Einmal sind wir damit beim Empfang des Bundespräsidenten aufgetreten, da allerdings in einer größeren Besetzung als Holzbläserquartett.«

Auf allen Tischen wurden Kerzen angezündet, auf dem Podium erhellten zwei Stehlampen die Szenerie. Schon seit geraumer Zeit waren die Zikaden zu hören, die angeregt von der Musik ihr ganz eigenes Konzert zu Gehör brachten.

Im zweiten Teil spielte das Ehepaar König eine noch gewagtere Kombination: Die Musik von Johann Sebastian Bach mit Songs der schwedischen Gruppe Abba. Wieder verließ eins der Instrumente den klassischen Part und spielte stattdessen Abba. Wenn die Gäste eine Melodie erkannten, begannen sie mitzusummen: *Money, money - Waterloo - San Fernando - The winner takes it all*.

»Die Begeisterung, mit der die beiden musizieren, steckt einen an«, sagte Alto.

Als Hellena und er am späten Nachmittag zusammen gekommen waren, hatten sie sich ausführlich von ihrem Tag erzählt.

Hellena schwärmte von der Landschaft, durch die sie gefahren war. Große Waldgebiete, auf den Bergkuppen Dörfer mit alten Steinhäusern. Sie vergaß nicht zu erwähnen, wie erleichtert sie nach Kristinas Anruf gewesen sei. »Jetzt finde ich endlich meine Ruhe!«

Alto berichtete von der Zusammenarbeit mit den Köchinnen der Fattoria und wie viel Spaß ihm das Vorbereiten gemacht habe. »Ich muss bald wieder an den Herd zurück«, sagte er. Immerhin dürfe er sich auf den Abend mit der Genussakademie freuen, auch wenn er noch nicht wisse, was er kredenzen würde. Manchmal kämen die Einfälle völlig überraschend, wenn er an etwas ganz anderes dächte. »Hast du einen besonderen Wunsch?«, fragte er Hellena leise.

Sie überlegte eine Weile, bis sie sagte: »Ich verlasse mich ganz auf deine Kochkünste. Was du mir bisher serviert hast, war wunderbar.«

Sie beugte sich über den Tisch und küsste Alto auf den Mund.

Die Königs beendeten das kleine Hofkonzert mit Mozarts Arie des Bassa Selim aus der Oper »Entführung aus dem Serail«.

Der Beifall wollte nicht enden.

Standing ovations.

»Wir haben alles gespielt, was wir an Noten dabei haben«, sagte Uli König. Trotzdem mussten sie zwei Stücke wiederholen.

Antonio Lo Franco dankte den Musikern und lud sie ein, im nächsten Jahr wiederzukommen.

Der Besucher

Herr Pahl?«

Alto drehte sich um.

»Alto Pahl?«

Er nickte. Etwas unsicher. »Kennen wir uns?«

Der Mann im hellen Sommeranzug streckte ihm die Hand hin. »Noi, mir kennet uns no net.«

Stuttgart, dachte Alto, irgendwann musste ja einer seiner Gäste hier auftauchen. Er würde auf der Hut sein müssen.

»Schneider, Hans-Peter Schneider. Sie send doch der Chef vom Altos Bistro oder net?«

Er nickte noch mal. »Der bin ich schon, aber ich kann mich jetzt nicht ...« Alto hatte zwar kein gutes Namensgedächtnis, dafür erinnerte er sich meistens gut an Gesichter. Dieser Herr Schneider ...

»I bin aus Stuttgart, Dägerloch, des kennet Sie doch oder net?«

»Schön, dass Sie gekommen sind«, sagte Alto und verwehrte ihm den Handschlag. »Ich hab einen Termin in der Küche, da muss ich einiges vorbereiten.«

»Vielleicht hätte Sie doch fünf Minute für mich!«

Alto hatte nicht die geringste Lust, sich mit diesem Herrn über Stuttgart oder Degerloch oder sein Bistro oder irgendetwas zu unterhalten, aber er sagte: »Wenn es nur fünf Minuten sind, bitte!«

»Könnet mir hier ungestört schwätze?«

Alto sah weit und breit keinen anderen Gast auf dem Hof der Fattoria, zuckte mit den Schultern. »Hier stört uns doch niemand!«

Herr Schneider verzog den Mund, dann zeigte er auf eine der Lauben, die zu diesem Zeitpunkt noch nicht besetzt waren. Um die Mittagszeit war hier Hochbetrieb, da hätten sie gewiss nicht ungestört ... *Wieso denn ungestört,* dachte Alto. Ihm kam ein schlimmer Verdacht: *Hat Karla meinen Aufenthaltsort preisgegeben? Preisgeben müssen? Haben die Freunde von Max sie dazu gezwungen? Ist dieser Schneider von ihnen geschickt?*

Als sie sich in die mit Weinblättern umrankte Laube gesetzt hatten, sagte der Stuttgarter. »War ja net ganz oifach, Sie ausfindig zu mache.«

Alto wurde ungehalten. »Jetzt sagen Sie, was Sie von mir wollen! Ich hab nicht den ganzen Tag ...«

»Ihre Geschäftsführerin, des is doch die Karla Lommel oder net?«

»Wenn Sie eh alles wissen, warum fragen Sie dann, Herr Schneider?« *Also doch Karla!* Wie oft hatte er sie darum gebeten, niemandem zu sagen ... Dann fiel Alto ein, dass Karla nicht wusste, wo genau er sich aufhielt ... *Habe ich überhaupt etwas von der Toskana erzählt? Oder gar von dieser Fattoria? Nein, niemals. Das hätte doch alles zerstört.*

»Also mir habet die Karla Lommel in Beugehaft nehmen müsse. Des ging net anders.«

»Was?«, entfuhr es Alto. »Was haben Sie?« Am liebsten

wäre er diesem Schwaben an die Gurgel gegangen, der mit gleichgültiger Miene solche Ungeheuerlichkeiten von sich gab. *Die Freunde von Max haben Karla entführt, damit sie schneller an mich herankommen*, dachte er..

»Sie hat net kooperiert, wenn Sie verstehen ...«

»Ich verstehe gar nichts.«

In diesem Augenblick kam Nicole an ihren Tisch und fragte, ob die beiden einen Wunsch hätten. Es sei zwar noch etwas früh für die *merenda*, aber einen Espresso oder Cappuccino könnten sie schon haben.

Erst dann entdeckte sie, dass Alto einer der beiden Gäste war. »Hast du einen Besucher?«, fragte sie.

Alto musste sich zurückhalten, um nicht zu platzen.

Herr Schneider bestellte einen Cappuccino. Alto lehnte ab. Etwas zu schroff.

Als Nicole, die über dem schwarzen T-Shirt und Rock die weiße Schürze der Fattoria trug, zum Haupthaus gegangen war, brauste Alto auf. »Sie müssen Karla umgehend freilassen, sonst schalte ich die Polizei ein.«

Herr Schneider schaute ihn von der Seite an. Den Kopf mit dem Meckihaarschnitt ein wenig schief gelegt. »Warum sollte mir des tun, Herr Pahl?«

»Karla kann überhaupt nichts ...«

»Ach?«, unterbrach ihn Schneider. »Sie sind also im Bilde oder net?«

»Karla hat absolut ... das ist alles meine Sache ... verstehen Sie ...«

Schneider griff in die Jackentasche. »Derentwegen bin I

ja au komme, Herr Pahl.«

Alto starrte auf die Jacke.

Dann zog der Stuttgarter die Hand wieder heraus. Sie war so leer wie zuvor.

Alto erhob sich. »Ich gehe jetzt, die anderen warten in der Küche auf mich.«

»Werden sich schon noch was gedulde müsse.«

»Sie hindern mich nicht, was immer Sie von mir wollen.«

»Herr Pahl, i versuch's im Gute. Merke Sie des gar net?«

»Ich merke nur, dass Sie irgendwas im Schilde führen. Kann mir schon denken, worum es geht, aber da haben Sie sich geschnitten ... Ich zahle nicht mehr. Keinen einzigen Euro. Haben wir uns verstanden?«

Mit schnellen Schritten eilte er den schmalen, auf beiden Seiten von Zypressen eingefassten Kiesweg hinauf.

Schneider war umgehend neben ihm.

»Wenn Sie net anders wolle!« Er hielt ihn an der Jacke fest und fuchtelte mit einer Plastikkarte herum.

»Der Cappuccino ist fertig«, rief Nicole hinter den beiden her. »Ich stelle ihn auf den Tisch.«

»Schönen Dank«, erwiderte Schneider. Und an Alto gewandt: »Jetzt kommet Sie mit, dann kläre mir alles bei oinem Kaffee.«

Kriminalpolizei Stuttgart stand auf der Plastikkarte. Hauptkommissar Hans-Peter Schneider. Mit Bild und Unterschrift.

»Was ist mit Karla?«, wollte Alto wissen. Er spürte, wie sein Puls schneller ging.

»Di musste mir arretiere, weil sie nix g'seit hat.«

»Warum sollte sie was sagen?«, rief Alto erregt.

Sie saßen sich wieder in der Laube gegenüber.

Schneider nippte an dem heißen Cappuccino, dessen weißer Milchschaum zu einem kleinen Krönchen aufgetürmt war.

Hat Karla sich irgendetwas zu Schulden kommen lassen?, dachte Alto. *Warum ist sie in Haft?* Er musste sofort seinen Freund im Präsidium anrufen, Ferdinand Hebenstreit, der würde ihm bestimmt besser Auskunft geben als dieser Kerle.

»Schmeckt ausgezeichnet. Sie verpasset da was!«

Alto hielt noch immer den Polizeiausweis in Händen. *Wie hat der Schwabe herausgefunden, wo ich bin. Wenn Karla mich nicht doch verraten hat ...*

»Wisset Sie, Herr Pahl, mir können ja auch eins und eins zusammenrechne, darin sin mir sogar ganz gut. Sie kenne einen Max Gabriel?«

»Was soll das denn jetzt?«, polterte Alto.

»Ja oder nein?« Schneiders Stimme wurde forscher.

»Natürlich kenne ich Max. Hab ja jahrelang mit ihm zusammengearbeitet. Bis ...«

»Und grad dem wegen bin i komme.« Wieder nippte Schneider an seinem Cappuccino, ohne sein Gegenüber aus den Augen zu lassen.

Also doch, dachte Alto. *Es hat nichts mit Karla zu tun, sondern es geht um Max ... und seine Freunde.*

»Wann habet Sie des letzte Mal mit ihm geschwätzt?«,

fragte Schneider und ließ sich seinen Ausweis wieder geben.

»Das ist lange her.«

»Wie lang?«

»Monate, zwei, vielleicht drei.«

»Gwiss?«

»Ich kann Ihnen das genaue Datum nicht sagen, aber das ist wirklich Monate her.«

»Und net erst zwei Woche?«

»Auf keinen Fall.«

»Aber genauer könnet Sie des net sage oder doch?«

»Lassen Sie dieses Katz-und-Maus-Spiel. Was ist los mit Max Gabriel?«

Der Hauptkommissar leckte den Milchschaum aus der Tasse und spitzte die Lippen. Sagte aber nichts.

»Was ist los?«, fragte Alto. »Nun reden Sie schon, Herr Schneider!« Er war auf Hundertachtzig.

Mit einem leisen Plop stellte der Hauptkommissar die Tasse auf den Unterteller. »Der is dot!«

»Wer? Max?«

»Max Gabriel is dot!« Er schlug mit der Faust auf den Holztisch. »Und jetzt saget Sie mir elles, was Sie wisset, sonst werd ich äußerst ungehalte.«

Max tot? Hat er sich ausgezockt? Selbstmord? Alto versuchte, seine Bestürzung zu verbergen. Er wandte sich an Schneider: »Gehen Sie etwa davon aus, ich hätte mit seinem Tod zu tun?«

»Was Sie damit zu tun habet, des werde mir beide jetzt kläre.«

»Seit wann ist Max tot?«

»Des will i von Ihnen wisse, Herr Pahl.«

»Ich bin seit ...«, Alto unterbrach sich, »seit ... Tagen in der Toskana. Ich war hier, genau hier in dieser Fattoria. Was kann ich also mit seinem Tod zu tun haben?«

Alto lehnte sich zurück.

»Er ist ermordet worden!«

Die kroatischen Freunde! Wer sonst sollte dafür in Frage kommen, dachte Alto. Er spürte, wie ihm heiß wurde.

Dieser Kommissar brauchte einen Verdächtigen.

»Hören Sie mir doch zu! Ich war hier!«

»So was muss man net selber tun, des kann man au in Auftrag gebbe. Während Sie hier en schönes Alibi habet, wird zu Hause einer aus dem Weg geräumt ...«

»Das ist doch abstrus, Herr Schneider. Völlig abstrus. Warum sollte ich denn jemand beauftragen ...«

»Des will i von Ihnen wisse, wie gesagt, i hab do so meine eigene Vermutunge ...«

»Und deswegen kommen Sie den ganzen Weg aus Stuttgart, nur um ein paar Vermutungen ...«

»Sie send doch auch den ganze Weg aus Stuttgart komme, um ein Alibi zu habe ...« Schneider zog ein Foto aus der Seitentasche und legte es auf den Tisch. »Das isser, der Gabriel Max. Allerdings in koinem schönen Zustand.«

Entsetzt blickte Alto auf das Bild.

Am Fleischerhaken war die Leiche aufgehängt.

»Erkennet Sie den Ort?«, fragte Schneider. Schon präsentierte er ein zweites Foto.

Das darf nicht wahr sein, dachte Alto. *Das ist ...*

Bandino Lo Franco trat an ihren Tisch. »Alto, entschuldigen Sie, ich bin ein bisschen spät dran, aber jetzt können wir das Menü besprechen.«

Alto starrte auf das zweite Foto. *Der Kühlraum meines Bistros.* Da gab es keinen Zweifel.

Er wolle nicht weiter stören, sagte Bandino, wenn Alto soweit sei ...

Dann war er schon wieder verschwunden.

»Verstehet Sie jetzt, worum i den lange Weg net gescheut habe?«

»Wollen Sie mich verhaften?«, fragte Alto.

»Des könnet mir gar net, i hab hier koinerlei Befugnisse.«

»Aber ...«

»I will von Ihnen klipp und klar erfahre ...«

Der Kriminalhauptkommissar zückte ein in schwarzes Leder gebundenes Notizbuch und einen Bleistift.

Mit einer unmissverständlichen Geste forderte er Alto Pahl auf, sich zu erklären.

Max, der alte Freund, sie kannten sich schon mehr als fünfzehn Jahre ... Max, der versierte Geschäftsführer, fast sechs Jahre hatten sie zusammen im Bistro gearbeitet ... Max, der Spieler, der anfing, Geld aus der Kasse zu entnehmen und Alto zu betrügen ... Max, der Spielsüchtige, der sich immer tiefer in den Schuldensumpf begab ... Max, der Betrüger, der seinen kroatischen Gläubigern gefälschte Schuldscheine gab ... Max, der sich nicht mehr aus den Fängen der Spielsucht befreien konnte und sich nicht scheute, seinen Freund Alto mit in den Strudel zu reißen ...

Fast eine Viertelstunde berichtete er, mal flüssig, mal stockend, dann wieder innehaltend. Ein Blick auf die beiden Fotos genügte, um weiter reden zu müssen. *Wie kommt Max' Leiche in das Kühlhaus meines Bistros? Was hat Karla damit zu tun? Hat sie etwa den Mord ...*

»Des hätt i mir elles denken könne«, sagte Hauptkommissar Schneider. »Aber warum hend Sie net den Weg zu uns gefunde, Herr Pahl. Dafür simmer doch da.«

»Ich hatte gedacht, dass ich das alleine regeln kann.«

»Mit denne Kroatekerle könnet Sie nix alloi geregelt kriege. Haben die Ihnen nie gedroht oder so ebbes?«

Alto setzte noch mal an. Der erste Besuch der drei Kroaten in seinem Lokal, als sie ihm den gefälschten Brief unterbreiteten, mit dem er sich verpflichtet haben sollte, Max' Schulden monatlich mit fünftausend Euro zu begleichen. Die ständigen Anrufe von Max' Freunden, sowohl im Bistro als auch zu Hause, auf dem Festnetz und auf seinem Handy. Der Drohbrief, von dem Karla ihm am Telefon berichtet hatte ...

»Und noch immer net habet Sie sich mit uns in Verbindung gesetzt? Merkwürdig, finde Sie net?

»Ich war hier ...«

»Verstecke gilt net, Herr Pahl.«

»Meinen Aufenthaltsort hat Karla Ihnen gesteckt oder sollte ich mich da irren?«

»Noi, noi, die hat gar nix g'seit, die hat geschwiege wie oin Grab, deswegen musste mir sie ja in Beugehaft ...«

Schneiders Stimme wurde leiser: »Auf die Frau könne Sie sich verlasse, die ist vollständig loyal.«

Alto sah, dass Hellenas roter Alfa auf den Parkplatz fuhr.

»Ich habe eine Bitte, Herr Schneider.«

»Ja?«

»Gleich kommt eine Freundin an unseren Tisch. Kein Wort zu ihr über diese Sache. Ich bitte Sie sehr eindringlich darum ...«

»Von mir erfährt niemand ebbes.« Er nahm die beiden Fotos vom Tisch und ließ sie wieder in der Seitentasche verschwinden. Wie ein Taschenspieler.

Als Hellena aus dem Wagen gestiegen war, winkte sie Alto zu, ging aber dann an ihnen vorbei in Richtung *ufficio*.

»Mir müsset die Aussage protokolliere, Herr Pahl, und ...« Schneider unterbrach sich, weil sein Handy klingelte.

»Ja, vor Ort ... sicher, des wird net so schwierig sein ... noch nicht, i woiß no net, wann ich zurück bin ... i di au ... Ciao!«

»Bin ich verdächtig?«, fragte Alto, als Schneider sein Handy wieder eingesteckt hatte.

»Alle sin verdächtig, bis jetzt jedenfalls. Sogar die loyale Karla kann es gewesen sein, die den Max, vielleicht sogar in Ihrem Auftrag, hat beiseite schaffen lassen ...«

»Aber wer ist denn so blöd, die Leiche in seinem eigenen Kühlraum zu lagern?«

»Mörder sin immer blöd, Herr Pahl. Erschtens riecht die Leiche da nicht, zwoitens dauert es lange, bis jemand sie dort findet, drittens habet Sie Ihr Lokal zugesperrt und sin auf un davon, und viertens ...«

»Wie haben Sie denn von dem Mord an Max erfahren?«, wollte Alto wissen.

»Der Zufall, der roine Zufall. In Ihr Bischtro is eingebroche worden, ein Junkie. Nachbarn ham uns alarmiert ... Der Kerle hat nix geklaut, außer vielleicht ein paar Woiflasche, aber mir ham den Fund in der Kühlkammer gemacht. Da hing der Herr Gabriel zwischen zwei Lammhälften und einem halben Rind. Der Gerichtsmediziner hat soine Problemche mit dem gehabt, weil net so ganz klar is, wie lang der da schon gehängt hot.«

»Aber warum bringen die Kroaten ...«

»Gwiss?«, unterbrach ihn Schneider.

»Warum bringen die einen um, der ihnen Geld schuldet. Ein Toter zahlt keine Schulden, oder?«

Irgendwie schien Alto die Sache immer verworrener zu werden.

Der Kriminalhauptkommissar schüttelte den Kopf.

»Mir ham in soiner Hosendasch en Zeddel g'funde, da wo Ihr Name draufsteht. Und dadrüber, ganz in rote Buchstabe: Eine kleine Abreibung!«

»Ist Mord für die eine kleine Abreibung?« Alto verstand nun gar nichts mehr.

»Die rechnet net so, Herr Pahl. Eine Leiche hat für die au Wert!«

»Inwiefern?«

»Als Mahnung für die anneren. Glaube Sie denn, Sie sin der oinzigste, wo zum Zahlen erpresst wird. Das isch deren Trick, die suchen sich Spielsüchtige, lassen sie mal gewinnen und dann hoch verlieren, so dass die laufend Zahlungen leisten müssen.«

»Hat denn etwas über den Leichenfund in der Zeitung gestanden?«, fragte Alto. *Warum hat Karla mich nicht umgehend informiert? In der Haft wird man ihr sicher nicht erlaubt haben zu telefonieren.*

»Noch wisset in Stuttgart kaum welche vom Tod des Gabriel Max. Mir ham es g'schafft, nix verlaute zu lasse, aber die Ausgetricksten, die habet längst davon Kenntnis, des is so sicher wie der Segen bei der Beerdigong.«

Schneider nahm die Speisekarte in die Hand, als sei nun der Moment gekommen, etwas zu essen zu bestellen.

»Wie haben Sie mich denn ausfindig gemacht?«

Der Kriminalhauptkommissar grinste. »Mir Schwabe sage: *Hen di koi Kabel?*« Daher komme der Name vom Handy. Wer viel telefoniere, den können die Satelliten überall auf der Welt orten. »Schöne, neue Welt, was? Mir brauchte nur zu warten, bis Sie ihr Handy oingeschaltet habet, dann war die Richtung klar. Ein bissche rumfrage musst i schon und da bin i.«

»Und jetzt?«, fragte Alto.

»Jetzt kommet Sie mit nach Stuttgart und mir schreiben des Protokoll und sehen weiter ...«

»Aber zwingen können Sie mich nicht!«, unterbrach ihn Alto.

»Zwingen kann i Sie net, aber es wär zu Ihrem Beschte!«

I CIPRESSI INNAMORATI

»*Cari amici*, heute haben wir eine kleine Überraschung für euch vorbereitet«, Bandino Lo Franco stand am Ende der festlich geschmückten Tafel, »einer unserer Gäste, Alto Pahl, wird für euch kochen. Er ist nicht irgendein Koch, sondern ein Sternekoch aus *Stoccarda* ...«

»Ex-Sternekoch«, warf Alto ein, der zur Feier des Tages eine hohe Kochmütze geschenkt bekommen hatte.

»Er wird sich den Stern schon wieder erkochen«, fuhr Bandino fort, »und jetzt möchte ich allen Freunden der Genussakademie einen schönen Abend wünschen. Ich hoffe, es war für euch eine wunderbare Woche und ihr habt unsere toskanische Lebensart ein bisschen kennen gelernt.«

Die Gäste applaudierten. In *La Lignana*, der Ölmühle der Fattoria, fand traditionell das Abschiedsessen der Reisegruppe statt.

Der Reiseleiter bedankte sich im Namen der Gruppe bei der Familie Lo Franco. Seit Jahren bot die Frankfurter Genussakademie Reisen in die Toskana an, unter dem Motto: »Genuss auf die herzliche Art«. Die Teilnehmer wohnten in Landhäusern der Fattoria, lernten einzelne Bereiche der Produktion kennen, bereiteten unter Anleitung der Köchinnen traditionell toskanische Gerichte zu. Zum Programm gehörten aber auch Ausflüge nach Arezzo, Florenz und ins Chiantigebiet, stets verbunden mit Essens- und Trinkgenüssen.

Nachdem ein Toast auf die drei Lo Franco Brüder, die an diesem Abend gemeinsam erschienen waren, ausgebracht worden war, übernahm Alto Pahl die Regie.

Er blickte zu Hellena hinüber, die am anderen Ende des Tisches saß. Nickte ihr aufmunternd zu. Sie konnte nicht verbergen, dass sie traurig gestimmt war.

»Herzlich willkommen auch von meiner Seite. Beginnen wir mal gleich mit einer Frage: Was sind die drei Geheimnisse der gehobenen französischen Küche?« Alto sah in die Runde.

Ratlose Gesichter.

Ein Blitzlicht erhellte den Raum.

Leises Gekicher.

Alto beantwortete die Frage selbst: »Die drei Geheimnisse der *haute cuisine* sind: Butter, Butter, Butter.«

Wie oft hatte er diesen Scherz in seinem Bistro gemacht, niemals verfehlte er seine Wirkung.

»Ich hoffe, die *crostini* haben Ihnen geschmeckt. Als *primo piatto* habe ich mich für Linguine mit einem Sugo aus passiertem Kaninchenfleisch, Auberginen, Knoblauch und Kapern entschieden.« Alto erläuterte das Rezept und verteilte Aufgaben an diejenigen, die ihm assistieren wollten. »Und dann gibt es einen kleinen Kniff, aber der wird erst kurz bevor die Nudeln auf die Teller kommen preisgegeben.«

Der Hauptkommissar war ebenfalls unter den Gästen. Er stand in der ersten Reihe neben dem Herd, um ja nichts zu verpassen, sagte aber kein einziges Wort. Alto hatte den Chef des Hauses und den Reiseleiter der Genussakademie gefragt, ob Schneider am Essen teilnehmen könne. »Kein Problem«, bekam er von Bandino zu hören, dem er den Grund für dessen Anwesenheit verschwiegen hatte. Mit dem Kommissar hatte Alto vereinbart, am nächsten Morgen im Konvoi nach Stuttgart zurückzukehren: Alto sollte eine genaue Beschreibung der kroatischen Erpresser geben, sich die bereits vorhandene Kartei von Fotos ansehen, eine minutiöse Schilderung der Erpressung zu Protokoll geben und sich einer eingehenden Vernehmung stellen. Alto war mit allem einverstanden gewesen, auch wenn er sich das Ende seiner Zeit auf der Fattoria ganz anders gewünscht hätte. Im Gegenzug hatte er erreicht, dass Karla umgehend auf freien Fuß gesetzt wurde, da der Grund ihrer Beugehaft entfallen war.

Alto probierte mit einer Gabel die Nudeln. »Sie sollen ja *al dente* sein und nicht *al dentiera*, so heißt auf Italienisch das Gebiss.« Danach wurden die Linguine gründlich abgeseiht. In den Nudeltopf gab Alto ein dickes Stück Butter. »Erst wenn die Butter anfängt zu bräunen, entwickelt sie ihren vollen Geschmack.« Die Nudeln kamen wieder in den Topf und wurden mit der geschmolzenen Butter vermischt.

»Und nun mein kleiner Kniff.« Alto holte aus seiner Kochschürze ein Fläschchen Kürbiskernöl hervor. »Damit gebe ich manchmal den Nudeln eine zusätzliche Geschmacksnote. Ein paar Spritzer genügen, auf keinen Fall sollte das Kürbiskernöl hervorstechen.«

Der Fleischsugo mit den Auberginen köchelte in einer großen Pfanne. Mehrmals schmeckte Alto ab, überlegte, ob er noch mehr Zitronensaft hinzugeben sollte, beließ es aber dann bei einem Schuss Balsamico.

Er wünschte Guten Appetit und setzte sich zum Essen neben Hellena.

»Das machst du nicht zum ersten Mal«, sagte sie. Mit der rechten Hand fächelte sie sich den Duft des Gerichtes in die Nase.

»Ein paar Mal hab ich am Wochenende Kochseminare in meinem Bistro veranstaltet, aber die waren schnell derart überlaufen, dass ich damit aufgehört habe. Immer mehr Leute wollen ja wieder richtig kochen lernen, mit hochwertigen und möglichst biologisch erzeugten Lebensmitteln. Deshalb ist die Genussakademie in Frankfurt auch so erfolgreich. Eine englische Freundin hat mal gesagt: *Cooking is the Rock'n Roll of the 21st century*. Und da ist was dran, schau dir nur mal die vielen Kochshows im Fernsehen an ...«

»Wenn ich das täte, käme ich zu nichts anderem mehr«, erwiderte Hellena.

Alto blickte zu dem Kommissar hinüber, der sich die Serviette über die Krawatte gebunden hatte und genießerisch die Nudeln auf die Gabel rollte. *Er hat bestimmt nicht bereut, den Stuttgarter Kessel verlassen zu haben, um mich in der Toskana aufzustöbern.*

Fast die ganze Nacht hatten Alto und Hellena miteinander gesprochen. Als könnten sie auf diese Weise verhindern, dass ihre gemeinsame Zeit so abrupt beendet werden würde. Hellena hatte Alto darum gebeten, ihr am Tag der Neueröffnung seines Bistros einen Tisch zu reservieren. »Da will ich auf keinen Fall fehlen.« Alto erbat sich das erste Exemplar ihres Fotobuches über die »Steinerne Toskana«, und sollte es, wo auch immer, eine Buchpremiere geben, wollte er unbedingt dabei sein. An dem Abend müsste sein Bistro ohne ihn auskommen, ach was, er würde es für ein paar Tage zumachen.

Celia, eine junge Frau aus der Reisegruppe, fragte Alto Pahl, ob er ihr die Rezepte der drei Pasten geben könne, sie würde sie gerne in ihrem Portal *kochblogger* veröffentlichen. »Nichts dagegen«, erwiderte Alto, sie solle ihn nach dem Essen noch mal daran erinnern.

Als zweiten Gang gab es *Pesce spada*, frischen Schwertfisch, den Bandino über einen befreundeten Koch in Castiglion Fibocchi besorgt hatte, der dort mit großem Erfolg ein sardisches Fischlokal betrieb.

Alto hatte sich als Beilage für ein Lauch-Apfel-Gemüse mit einer Prise Ingwer und ein schwarzes Kartoffelpüree entschieden. »Das ist auch farblich ein Genuss, wenn neben dem grün-gelben Gemüse auf dem Fisch kleine rote Pfefferkörner tanzen.«

Celia fotografierte jeden einzelnen der Arbeitsschritte. Der Reiseleiter unterhielt derweil die Gäste mit seiner Servier-Bestenliste. Seit Jahren sammelte er Kurioses aus der Servicewüste Deutschlands. »Einmal war ich in Marbach, im Schillermuseum. Und was muss man da zum Kaffee bestellen? Schillerlocke! Die kam auch prompt. Aber: die Sahne war sauer. Also rief ich die Kellnerin und sagte es ihr. Ganz freundlich. Da steckte sie ihren rechten Zeigefinger in meine Schillerlocke und probierte. Dann sagte sie, ziemlich laut: Die schmeckt bei uns immer so!«

In der Nacht hatte Alto Hellena sein Buch der »Sehnsuchtsorte« gezeigt, das Buch, das in seinem Bistro auslag und in das die Gäste ihre Reiseerfahrungen eintragen konnten, um andere daran teilhaben zu lassen. »Jetzt kann ich endlich auch mal ein paar Orte notieren.« Hellena wollte wissen, was ihm am besten gefallen habe. »Gewiss die Gemälde von Piero della Francesca. ›Die schwangere Madonna‹ in Monterchi und die ›Maddalena‹ im Dom von Arezzo. Aber auch Lucignano und Anghiari werde ich reinschreiben.« Hellena hatte das Buch Seite für Seite durchgeblättert, viele der Sehnsuchtsorte kannte sie aus eigenem Erleben. »Was ja bei meinem Beruf kein Wunder ist, oder?« Erst gegen vier Uhr waren sie ins Bett gegangen, hatten sich ausgiebig mit Zärtlichkeiten verwöhnt und miteinander geschlafen. Jetzt konnten sie gar nicht mehr voneinander lassen. Als sie gegen elf Uhr aufgewacht waren, musste Alto sich beeilen. Es waren noch einige Vorbereitungen für das abendliche Menü zu treffen.

»Für das schwarze Kartoffelpüree nehme ich einen Fond vom Tintenfisch. Sepia gibt's ja hier in Italien in verschiedenen Variationen, denken Sie nur an die schwarzen Nudelgerichte aus Neapel. Dazu äußerst fein pürierte schwarze Oliven. Die beiden Geschmäcker gehen eine wunderbare Verbindung ein. Das Kartoffelpüree bekommt so nicht nur eine Färbung, sondern wird eine eigenständige Komponente des Gerichtes.«

Der Kommissar machte sich Notizen. *Aha, ein kleiner Feinschmecker ist er also auch.* Schneider hatte ihm erzählt, dass er selbst gerne in der Küche stehe und Gerichte ausprobiere. Seine Familie bevorzuge aber traditionelle schwäbische Küche, die überlasse er seiner Frau. Sie stamme aus Reutlingen und Maultaschen seien für sie die Krönung des kulinarischen Genusses. »Nichts gegen Maultaschen, wenn sie gut gewürzt sind«, hatte Alto erwidert.

Als die Teller auf den Tisch kamen, applaudierten die Gäste.

»Ich würde Ihnen den Stern schon heute wieder geben«, rief ein Mann. Was zu einem neuerlichen Beifall führte.

Alto verspürte keine Lust, den Anwesenden mitzuteilen, dass er eher froh war, nicht mehr unter dem »Sterne-Diktat« kochen zu müssen.

»Heute übertriffst du dich selbst«, flüsterte Hellena, nachdem sie von den drei Genüssen gekostet hatte.

Nach dem *secondo* bat sie Alto, kurz mit ihr nach draußen zu gehen.

»Es gibt Neuigkeiten aus Chile!«, sagte Hellena verschwörerisch.

»Hat er wieder angerufen?

»Nein, nein«, beeilte sich Hellena zu sagen. »Er sitzt im Knast.«

»Da gehört er auch hin«, ging Alto dazwischen.

»Kristina hat erfahren, dass die chilenische Polizei die beiden Männer eingebuchtet hat.«

»Und weswegen?«

»Trevor scheint gar nichts damit zu tun zu haben. Aber der Fotograf konnte sich mal wieder nicht zurückhalten. Er hat die Frau des örtlichen Polizeipräsidenten angebaggert ... nun sitzen sie! Kristina muss wahrscheinlich hinfahren und sich selbst drum kümmern, weil man den beiden eine größere Sache anhängen will.«

»Es gibt doch noch Gerechtigkeit!«, sagte Alto.

Hand in Hand gingen sie über die Wiese, die sich in einer kleinen Senke vor der Ölmühle befand.

Hellena zeigte auf die Bäume am Abhang auf der anderen Seite. »Kannst du sie erkennen?«

»Zypressen! Klar erkenne ich die!«

»Schau mal genauer hin.«

Alto wusste nicht recht, was Hellena meinte.

»Da drüben!« Sie nahm seinen Zeigefinger und führte ihn in die Richtung.

Dann sah er sie.

Zwei Zypressen standen nebeneinander, eng umschlungen. Aus den beiden Baumstämmen war eine gemeinsame Krone gewachsen. Die sich nach oben verjüngenden Zweige formten ein riesiges Ausrufezeichen.

»Die hat mir Bandino gezeigt, gleich in den ersten Tagen. Sie heißen *I cipressi innamorati*, die verliebten Zypressen. Sie sind schon über zweihundert Jahre alt.«

»Das dürfte uns nur ganz, ganz schwer gelingen«,

erwiderte Alto und küsste Hellena. Eine Zeitlang hielt er sie fest umarmt.

»Schade, dass du morgen fahren musst!«, sagte Hellena leise.

»Was wirst du machen?«, fragte Alto.

»Ich werde mich ein paar Tage bei Kristina in Cortona einquartieren. Sie hat mich eingeladen. Und dann, mal sehen ... vielleicht fahre ich nach Ascona, wenn Robert dort noch sein sollte ... der Schuft!«

Alto streichelte über ihr Haar.

Ob er denn gleich wieder in die Küche für den nächsten Gang müsse, fragte sie.

Nein, nein, antwortete Alto, man habe vereinbart, dass vor dem Nachtisch eine längere Pause sei.

In der Nacht hatte Alto Hellena von seinem Lieblingsprojekt erzählt. Schon seit Jahren habe er davon geträumt. »In meinem Bistro werde ich in Zukunft wöchentlich wechselnd nur ein Menü anbieten: Vier ausgefallene Gänge. Ich will mich dabei von dem inspirieren lassen, was die Natur einem gerade schenkt. Die Gäste sollen sich mindestens zwei Tage im Voraus anmelden. Dann weiß ich, wie viele ich zu bekochen habe und kann alles in Ruhe vorbereiten. Den Druck rauszunehmen ist mir wichtig.« Hellena hatte gefragt, ob sich das rechnen würde. »Will ich ausprobieren. Ich muss dann ja auch weniger Ware auf Lager halten und brauche nicht mehr so viel wegzuwerfen.« Und wenn jemand das Menü nicht zusage? »Dann soll er im Netz nachschauen, was in der nächsten Woche auf den

Tisch kommt!« Hellena klang das nach einem ziemlichen Risiko. Sie kenne kein Lokal auf der Welt, das so etwas macht. »Einmal hat mir jemand von einem solchen Konzept berichtet. Steht auch in dem Sehnsuchtsbuch. An der Algarve hat ein Maler ein kleines Restaurant aufgemacht. Er geht täglich auf den Markt, kauft die Waren der Saison und kocht ein paar Gänge nach Lust und Laune. Es gibt nicht mal eine Speisekarte. Gerichte mit einfachen Produkten des Meeres und der Erde ... so etwa stelle ich mir das auch vor.« Die Toskana habe ihn ganz schön verändert, sagte Hellena. Worauf Alto erwiderte: »Diese Fattoria hat mir Mut zu einem Neuanfang gemacht.«

Er hatte überlegt, ob er als Dessert seine *Ile flottante* anbieten wollte, aber dann hätte er Hellena nicht mehr überrascht. Also stellte er hauchdünne Crêpes aus Reismehl her, mit einer Mousse von frischem Ricotta belegt und darauf ein Erdbeersorbet mit frischer Minze und Champagner. Auf jeder Eiskugel war ein Notenschlüssel, gespritzt aus flüssigem Zucker, der in weiße Schokolade getaucht worden war. Allein diese Verzierung hatte ihn eine ganze Stunde Arbeit gekostet.

»Da musste ich schon tief in die Trickkiste greifen«, sagte Alto zu Hellena, die besonders das Erdbeersorbet zu genießen schien. »Den Reis habe ich heute Nachmittag noch schnell gemahlen. Reismehl hat eine völlig andere Konsistenz als Weizenmehl, selbst wenn es ganz fein gemahlen ist, und passt so besser zu den Zutaten.«

Gianni und Antonio Lo Franco bedankten sich bei Alto

für das ausgefallene Menü und verabschiedeten sich, sie hätten noch Arbeit zu erledigen. Ob er irgendwann mal ein Restaurant auf der Fattoria aufmachen wolle?

Alto sagte, wer weiß, mal sehen ...

Einige aus der Gruppe baten ihn um eine Visitenkarte. Sollten sie nach Stuttgart kommen, würden sie gerne sein Bistro aufsuchen. Alto schrieb ihnen die Adresse auf.

Selbst der Kommissar kündigte einen Besuch an.

Zum *vin santo* gab es die lustigen *viallini*, Hände, Füße, kleine Gesichter aus dem Plätzchenteig geformt.

Kaffee, Grappa.

Noch lange saßen sie in der Ölmühle zusammen.

»Wir könnten im Herbst das Landhaus *Casina* haben, das liegt nur ein paar Schritte von hier«, sagte Hellena erfreut. Sie habe gerade mit Bandino gesprochen.

»Wann im Herbst?«, wollte Alto wissen.

»Anfang November, zur Olivenernte. Dann ist die Gästesaison vorbei. Es sind nur noch einige Freunde des Hauses hier, die bei der Ernte helfen.« Sie machte eine Pause: »Kommst du?«

Alto zögerte keinen Augenblick. »Natürlich komme ich!« Sofort stieg ihm der köstliche Geruch des frisch gepressten Olivenöls wieder in die Nase.

Er sah durch das Fenster auf die andere Seite der kleinen Senke.

Nun waren von den verliebten Zypressen nur noch die schwarzen Umrisse zu erkennen.

Nachwort

Reisen heißt für uns entdecken, sich begeistern lassen, abseits der ausgetretenen Pfade, genau hinschauen und sich einlassen. Mit Menschen in Kontakt kommen und sich von ihnen Geschichten erzählen lassen.

Nach unserem erfolgreichen Toskana-Roman »Cappuccino zu dritt«, der vor zehn Jahren erschienen ist, wollten wir ein weiteres Mal in das toskanische Leben eintauchen.

Diesmal ist es die Provinz Arezzo, die wir in vielen Besuchen erkundet haben. Es kam uns zugute, dass sich dort die Fattoria La Vialla befindet, die unser Stützpunkt für die ausgedehnten Ausflüge war. Deswegen gebührt der Familie Lo Franco, speziell Bandino, dem jüngsten der drei Söhne, unser besonderer Dank.

Schreiben von Reiseromanen heißt für uns, die Entdeckungen mitzuteilen, die Begeisterung weiterzugeben, den Blick auf Entlegenes zu richten und die LeserInnen teilhaben zu lassen an unseren Erfahrungen.

Unsere Freunde und Kollegen Monika und Ralf Kramp waren bei der letzten Reise im Mai 2011 mit dabei, ihnen haben wir ebenfalls zu danken. (Sie wissen schon wofür.)

Marita und Jürgen Alberts
August 2011